R. ROBINSON fait naufrage et arrive
dans son île.

LES PRINCIPALES
AVENTURES
DE
ROBINSON CRUSOÉ,

ORNÉES DE QUATRE FIGURES.

A ROUEN,

Chez LECRÊNE-LABBEY, Imprimeur-
Libraire et Md. de Papiers, rue de la
Grosse-Horloge, n°. 173.

1812.

On trouve, chez le même Libraire, un assortiment général de Bibliothèque Bleue, d'Almanachs et d'Images de toute espèce.

LES PRINCIPALES
AVENTURES
DE
ROBINSON CRUSOÉ.

~~~~~~~~~~~~~~~~~~~~~~~~~~~~~~~~

CHAPITRE PREMIER.

Robinson quitte la maison paternelle, et s'embarque pour Londres. — Il s'embarque pour l'Afrique. — Il est pris par un Corsaire. — Le Capitaine Portugais reçoit Robinson. — Robinson plante du sucre.

Je naquis en 1632, d'une famille honnête, dans le comté d'York. Mon père, qui avoit eu, dans sa jeunesse, beaucoup plus de bon sens que je n'en aurai de ma vie, avoit commencé par faire sa fortune dans le commerce; il s'étoit marié ensuite, et il s'occupoit sur ses vieux jours à élever ses enfans. Il ne négligea rien pour mon éducation ; déjà même il se disposoit à m'établir avantageusement ; mais le choix d'un état étoit un point sur lequel nous

A 2

avions des vues bien différentes l'un et l'autre. J'étois son troisième fils ; je restois seul ; et pour perpétuer la famille, on me destinoit au commerce : ce projet ne fut point de mon goût.

Mon père m'aimoit ; j'étois devenu le seul de ses enfans sur lequel il pût compter. Un matin, las de voir que les conseils qu'il me faisoit donner de toutes parts ne me rendoient pas plus sage, il me fit venir dans son cabinet. Le bon homme étoit déjà sur l'âge, et il avoit la goutte. J'étois debout devant lui, la tête baissée et mon chapeau à la main. Il me fit un discours très-pathétique et très-sensé sur le bonheur ; je l'écoutai sans lui répondre, et quand il eut fini de parler, je lui tirai ma révérence et je sortis.

Je me promenois au hasard, ennuyé de tous les avis que je venois de recevoir. Dans cette situation d'esprit, je rencontrai un de mes anciens camarades d'école, qui s'en alloit à Londres ; il me proposa, en riant, de m'emmener avec lui, je le pris au mot ; il me présenta à son père, auquel il ne me fut pas difficile d'en imposer sur le motif de mon voyage, et je m'embarquai. J'étois sans argent, et j'avois dix-neuf ans pour toute ressource.

Mon premier coup d'essai fut si peu heureux, qu'un instant après que nous eûmes

mis à la voile, je me crus mort à n'en jamais
revenir ; il s'éleva tout-à-coup une tempête
furieuse qui, vingt fois, manqua de nous
briser contre le port même que nous venions
de quitter. Je fus saisi d'un effroi si puis-
sant, que je promis au ciel, si j'échappois
à la mort, de ne quitter de mes jours la
maison paternelle.

Quelques jours après, nous fûmes assaillis
d'un orage si violent, qu'après avoir été, pendant trois heures entières, tantôt élevés jusques aux nues, et tantôt abîmés jusques au
fond de la mer, enfin il survint un coup de
vent qui nous écrasa contre un rocher. Notre
chaloupe étoit en pièces, et nous étions per-
dus sans ressource. Heureusement nous ap-
perçûmes un navire à quelque distance de
nous ; nous l'appelâmes aussitôt à coup de canon ; il étoit démâté et faisoit eau ; il vint
pourtant ; nous nous jetâmes dedans à la
hâte. Son équipage et le nôtre pompèrent
sans relâche ; et, grâces à ce double secours, il nous conduisit jusqu'au canal de
Winternon, où il s'enfonça. Mais nous
étions près du bord alors ; nous le gagnâmes
à la nage, et de là nous nous rendîmes tous
à Yarmouth à pied : nous étions plus morts
qu'en vie.

Les Magistrats d'Yarmouth, auxquels
nous nous étions adressés après notre nau-

frage, nous avoient assez bien traités pour
que chacun de nous pût gagner commodément l'endroit où il avoit à se rendre. Le hasard, au bout de quelques jours, me fit rencontrer un capitaine de vaisseau, honnête
homme, qui s'intéressa en ma faveur; il
m'offrit de me prendre par amitié sur son
vaisseau, de me donner sa table, et de me
procurer tous les agrémens qui dépen-
droient de lui.

Un bonheur ne vient jamais seul. Ma
mère, qui avoit su que je m'étois embarqué
pour Londres, m'y fit tenir quarante livres
sterlings, que j'employai en marchandises.

Mes marchandises étoient si bien choisies,
elles furent sitôt vendues, et le furent à si
haut prix, que je me regardois comme le
plus heureux Commerçant qui eût encore
navigué.

Environ trois semaines après que nous
fûmes débarqués, je perdis l'honnête homme
auquel je devois ma petite fortune, et avec
lequel je me préparois à faire un second
voyage. Sa mort dérangea un peu les projets que j'avois médités, elle m'occasionna
même quelques réflexions assez tristes. Mais
enfin, le pilote de son vaisseau en ayant pris
le commandement, j'oubliai mes chagrins,
et nous nous disposâmes à retourner ensemble aux bords de l'Afrique.

Je n'avois point disposé de tout mon argent ; c'étoit le dernier conseil que m'avoit
donné mon ami le Capitaine, avant de
mourir. Sa veuve s'étoit offerte à me garder
ce que je n'emporterois pas ; je mis ma confiance en elle, et j'eus tout lieu de m'en ap-
plaudir dans la suite.

Nous partîmes. Je me rendois déjà compte
du profit que j'allois faire sur mes marchandises ; et de cette vente il résultoit, selon
mon calcul, que j'arrondissois assez bien
mes petites affaires pour voler de mes propres ailes, et n'avoir plus besoin de m'as-
socier avec personne. Mais, comme dit le
proverbe : *On s'expose à compter deux
fois, lorsque l'on compte sans son hôte.*

Nous avions le vent en poupe, et je courois vers la fortune, quand nous rencon-
trâmes un maudit Turc qui s'empara de
notre bâtiment.

Dès que je me vis esclave, je me crus
perdu sans ressource. Cependant, je remarquai avec étonnement que, si je savois
me conduire, mon sort, à la liberté près,
ne seroit peut-être pas si à plaindre. Je
m'attachai donc à rendre tous les services
dont j'étois capable ; et bientôt, à force
d'attention, j'amenai mon Turc au point
qu'il ne pouvoit plus se passer de moi.

Je songeois toujours à m'échapper ; mais,

A 4

en dépit de toute ma bonne volonté , il n'y avoit pas d'apparence que je réussisse à me sauver.

Enfin , l'occasion que je cherchois , se présenta d'elle-même au bout de deux ans. Le temps de s'embarquer étoit venu , et faute d'argent mon Corsaire ne s'embarquoit pas. Dans le dessein d'en tirer de quelques-uns de ses amis , il les invita à souper. C'é-toit lui-même ordinairement qui alloit à la pêche ; mais il avoit ce jour-là une affaire plus importante à terminer ; et j'eus ordre d'y aller en sa place. Les menues provisions étoient déjà portées au vaisseau : pendant la nuit j'y pris des fusils , de la poudre , du plomb , du biscuit , et tout ce dont je pré-voyois avoir besoin. Ma petite cargaison transportée dans la barque , l'heure de partir arriva , et je mis à la voile.

Rendu au lieu de la pêche , je jetai mes lignes ; le poisson s'y prit , mais je ne fus pas assez sot pour le tirer. Après deux heures environ d'empressement et de travail , que j'avois très-grand soin de rendre inutile : Nous ne faisons rien ici qui vaille , dis-je , à mes compagnons , et notre Maître n'en-tend pas raillerie ; essayons si nous ne se-rons pas plus heureux en allant un peu plus loin. Nous avançâmes en effet , mais nous ne réussîmes pas davantage. A la fin, en nous

éloignant toujours, et en ne prenant jamais
rien, je me trouvai à une distance honnête
de l'habitation de mon Corsaire. C'étoit-là
l'unique but où je tendois; je saisis donc le
premier moment favorable; le Maure qui
m'accompagnoit se baissa; je le surpris
dans cette posture, et, le poussant un
peu rudement par derrière, je le jetai à
l'eau. Comme il nageoit à merveille, je ne
doute point qu'il ne soit arrivé à bon port.

J'étois libre, c'étoit un grand point; mais
j'étois d'ailleurs fort inquiet et fort mal à
mon aise. Dès que le jour fut tombé, et
que le Maure ne fut plus en état d'épier
ma marche, je tournai le gouvernail, et je
pris un autre chemin pour n'être pas rencontré, si par hasard on envoyoit après moi.
Pendant cinq jours que j'eus le vent en
poupe, j'allai à force de voiles; mais, le
sixième, les vents changèrent, et l'eau
me manquoit. J'étois prêt à céder, dans
mon désespoir, au malheur de ma destinée,
quand j'apperçus un navire Portugais, que
je me hâtai de joindre.

Le Capitaine étoit sur sa poupe, et me
reçut avec bonté. Je suis charmé, dit-il,
de m'être trouvé si à propos pour vous tirer
d'affaire; car, dans l'état où vous étiez,
votre sort, sans mon secours, étoit fort à
plaindre. Mais comptez sur moi, je vous

rendrai pour le réparer, tous les services dont je pourrai être capable.

Le discours et les attentions particulières du Capitaine m'avoient tellement étonné, que je n'avois pas la force d'y répondre. Son premier abord m'avoit bien annoncé une ame généreuse et compatissante ; mais je ne m'attendois pas qu'il dût porter la bienfaisance et l'humanité à cet excès. Quand j'eus repris mes sens, et digéré en quelque sorte ma bonne fortune, je regardai tendrement mon bienfaiteur, et me jetant malgré lui sur sa main, que je baisai mille fois : Vous avez pour moi l'amour et les tendres inquiétudes d'un père, m'écriai-je, les larmes aux yeux : j'aurai éternellement pour vous la reconnoissance, le respect et la soumission d'un fils.

Je lui parlai ensuite des fonds que j'avois laissés à Londres ; il me donna là-dessus un avis sage et prudent, auquel je ne manquai pas de me conformer. Cet avis consistoit à ne demander d'abord que la moitié de la somme. Nous ne disposons pas des événemens, me dit-il ; je peux retourner heureusement en Angleterre, et faire naufrage en arrivant au Brésil. Que deviendroit alors toute votre fortune, si j'en étois chargé ?

Tout en prenant ces arrangemens, nous arrivâmes. Le premier soin qui occupa mon

Portugais, fut de me tenir la parole qu'il m'avoit donnée, en cherchant à me placer chez le plus honnête et le plus riche particulier du lieu. Ma barque, mon esclave, et jusqu'au moindre des effets dont j'étois possesseur, il fit tout estimer devant moi, et me paya tout. Toutes ses affaires terminées, il mit à la voile, me laissant aux mains d'un brave Négociant, auquel il m'avoit recommandé avec autant d'affection qu'il auroit pu recommander son propre fils. Je fus lui dire adieu la veille de son départ; nous nous embrassâmes. Ses bontés pour moi m'avoient tellement pénétré, que je ne pus le quitter qu'avec un serrement de cœur qui m'ôta pour quelque temps la parole.

J'avois commencé mes caravanes par être simple passager dans un vaisseau d'ami, où je n'avois rien payé, mais où j'avois risqué de périr; après mon naufrage, un brave homme m'avoit pris sous sa protection, et j'étois devenu marchand; tout près de faire fortune, un Turc s'étoit emparé de moi, et je m'étois vu esclave; redevenu libre, un Capitaine m'avoit recueilli sur son vaisseau, et je me trouvois garçon planteur de sucre; ce métier n'exigeoit pas une adresse merveilleuse, et tous ceux qui l'exerçoient avec quelque bonheur, devenoient si immensément riches, et le devenoient en si peu de

A 6

temps, qu'à mon gré une situation si favorable me paroît avec usure tous les maux
que j'avois soufferts.

Mon bon ami le Capitaine étoit retourné
à Londres; l'honnête veuve qui avoit mon
argent lui en avoit remis la moitié; il avoit
employé cette moitié en marchandises, et ces
marchandises m'étoient arrivées de bonne
heure. Elles consistoient en ouvrages de fer
de toute espèce, et en ustensiles nécessaires
aux plantations; tous effets dont on avoit
le plus grand besoin dans le Brésil, et con-
séquemment que je vendis fort cher.

Dès que ma vente fut finie, je fis marché
d'un terrain vacant, dont la grandeur se
trouva heureusement proportionnée à la
somme que j'avois dessein d'y mettre. Ma
terre fut bientôt en état; le sucre que j'y
plantai me rapporta d'ailleurs si abondamment la première année, que, dès la seconde, je me vis assez opulent pour étendre mon
commerce, et entreprendre en même-temps
le sucre et le tabac, ce qui est le *neo plus ul-
tra* du lieu. Un autre se seroit ruiné en te-
nant une pareille conduite; je m'enrichis.
Tout me réussit à souhait, tout produisit au
centuple : et si j'eusse été plus sage, si, au
lieu de m'épuiser en désirs et en chimères,
je me fusse contenté d'améliorer plus lente-
ment mon état, et de jouir en même-temps

de ma bonne fortune, il y a toute apparence
que j'aurois vécu trop heureux et trop à mon
aise le reste de ma vie ; mais il étoit de mon
étoile que la tête me tournât dans la prospé-
rité ; et il falloit, pour remplir ma destinée,
que je me persécutasse-moi-même quand le
sort ne me persécutoit pas. J'avois un de
mes compatriotes pour voisin ; cette circonstance et la nécessité du commerce nous avoit
liés ; je le voyois souvent. Plus sage que
moi, le bon homme étoit content de son sort ;
et, comme ses affaires étoient un peu plus
avancées que les miennes, je me disois :
« Quand je l'aurai atteint, je me reposerai
comme lui. » Je l'atteignis, je le surpassai
même, et je ne me reposai pas. O ambition,
fureur de s'agrandir et de paroître, quand
l'homme te croit, il est perdu ! A peine ma
situation me permit-elle de faire des sottises,
qu'au lieu de vivre tranquillement avec
mon voisin, je brûlai de m'insinuer parmi
ceux de mes confrères qui jouoient au Brésil le plus grand rôle ; et comme jamais je
n'avois su m'arrêter, j'aspirai bientôt à oc-
cuper le premier rang parmi eux.

Nous manquions d'esclaves ; leurs services nous étoient d'une nécessité indispensable. En effet, comment cultiver nos terres
sans eux ? comment suffire à un détail im-
mense ? Mais aussi, comment en acheter au

taux où les avoit mis l'Empereur ? nous y
aurions épuisé nos fortunes.

Pour parer tout d'un coup à cet inconvénient, je portai l'extravagance jusqu'à me
proposer moi-même pour l'exécution. Je dis
l'extravagance d'aller en acheter en Afrique ; car il y en avoit sûrement dans ma conduite ; mais j'étois loin d'être sage, lors
même que je n'avois aucun intérêt à être
fou ; comment n'aurois-je pas donné dans
tous les excès, quand mon amour-propre
étoit de la partie !

A peine eus-je déclaré ma résolution,
que j'eus tout lieu d'être satisfait des éloges
qu'elle m'attira de tous côtes. On ne me
donna point le temps de réfléchir sur l'im-
prudence de ma démarche ; on s'offrit en
foule pour avoir soin de ma plantation ; on
m'équipa un vaisseau, on le remplit de toutes
les marchandises que je desirai, et je partis.

CHAPITRE II.

Robinson arrive dans son île. — Il retourne
à son vaisseau. — Il examine ses effets.
— Il visite son île. — Il retourne à
son vaisseau.

Mon vaisseau étoit d'environ cent vingt
tonneaux ; il étoit armé de six canons, et
portoit quatorze hommes, en y compre-

nant le capitaine, son garçon et moi. Je ne
l'avois chargé que de marchandises propres
pour le commerce que je voulois faire, c'est-
à-dire, de pièces de glace, de coquilles, et
sur-tout de petits miroirs, auxquels j'avois
ajouté des couteaux, des ciseaux, des haches, quelques matelas; en un mot, tout ce
qui étoit à meilleur compte dans le pays où
j'étois, et qui se vendoit à plus haut prix
dans celui où j'allois me rendre.

Dès que tous les préparatifs nécessaires
furent achevés; je fus conduit à bord en
triomphe par le plus grand nombre de ceux
de mes confrères les planteurs, qui étoient
pour leur part dans mon entreprise. Le
même jour il s'éleva un vent favorable : je
renvoyai mes conducteurs après déjeûner ;
ils me souhaitèrent un heureux voyage, et
nous mîmes à la voile.

Je pouvois vivre tranquille ; j'avois eu la
fureur de me rembarquer, et je ne tardai
pas à en être puni. Pendant les premiers
jours de notre navigation, où nous n'avions
qu'à souffrir des chaleurs excessives du climat, je prenois assez mon mal en patience ;
les idées flatteuses dont j'aimois à me ber-
cer, me dédommagèrent de tout : mais un
beau jour, deux vents opposés soufflent tout-
à-coup avec violence, se croisent sur notre
tête, et nous écartent de notre route. Dans

le même instant, la pluie, le tonnerre, les
éclairs, conjurent notre perte ; et, après
toutes les horreurs de la plus affreuse tempête, nous nous trouvons égarés, sans mâts,
sans canons, sans ressource ; l'équipage
étoit épuisé, le pilote confondu, l'art inutile, et nous n'attendions plus que la mort.
J'étois au désespoir : furieux contre moi-
même, je me reprochois amèrement l'inquié-
tude maudite qui m'avoit arraché au repos
dont je jouissois, pour me précipiter dans
l'abîme où j'allois être plongé ; mon malheur
étoit monté à son comble ; il étoit inévita-
ble, et je n'en pouvois accuser que moi.
Cependant un matelot s'écrie qu'il apper-
çoit la terre ; ce cri nous rend l'espérance,
nous nous levons tous ; mais aussitôt nous
sommes jetés sur un banc de sable, où notre vaisseau s'accroche, sans qu'il nous soit
possible de l'en arracher.

L'orage redoubloit, et nous n'avions
plus un instant à perdre ; nous nous hâtâ-
mes donc de mettre la chaloupe en mer.
Trois des nôtres étoient déjà morts, l'un
emporté par la fièvre, et les deux autres
par un coup de vent qui les avoit noyés ;
ainsi nous n'étions plus que onze ; nous
nous jetâmes dedans, mais elle étoit trop
petite encore pour nous contenir ; elle enfonça, et nous fûmes submergés.

Je ne peindrai point l'attitude effrayante de chacun de nous, au moment que nous périssions! Je ne perdis point la tête cependant; et, revenu sur l'eau par le plus violent coup de pied qui peut-être ait jamais été donné, je me trouvai enveloppé, en y arrivant, par une vague énorme et furieuse qui, m'entraînant du côté de la terre avec une force et une rapidité incroyables, m'y laissa presque à sec et à demi-mort, à cause de la quantité prodigieuse d'eau que j'avois avalée.

Je ne dirai point combien de temps je restai sans connoissance au pied de ce rocher; quand je revins à moi, les flots me rouloient vers la mer. Le désespoir me donna du courage et des forces; je me cramponnai à la terre avec les mains, les pieds, les dents; et, malgré la fatigue de cette pénible attitude, je me levai dès que la vague fut passée; j'apperçus le rivage; il étoit loin; n'importe, la mer revenoit sur moi: je courus avec tant d'intrépidité, qu'enfin je me vis hors d'atteinte.

Je respirai quand je fus à terre; mon cœur s'agrandit, il me sembla que je renaissois. Mais bientôt une réflexion cruelle vint empoisonner ma joie. Juste Ciel! où suis-je, et que vais-je devenir? me demandai-je en tremblant à moi-même. Je jetai

les yeux de toutes parts, et je ne vis autour
de moi que des montagnes, des rochers et
des arbres. La mer étoit toujours si furieuse, que j'avois toutes les peines du monde à
entrevoir mon vaisseau. Cependant il me
falloit prendre un parti; je ne me soutenois
plus, la nuit approchoit; mon asile étoit un
désert, et j'en craignois les monstres. Je
me résolus donc à monter sur un arbre; et,
choisissant le plus gros qui fût à ma portée,
je m'arrangeai de mon mieux sur ses branches, et le sommeil me surprit au milieu
de mes douloureuses réflexions.

Le lendemain, quand je m'éveillai, il
étoit déjà grand jour. Étonné d'avoir pu
dormir, je descendis de mon nouvel appartement. La tempête étoit dissipée, la mer
étoit calme, et mon vaisseau, que les flots
avoient détaché du banc de sable, étoit près
du rivage. Je n'avois point songé encore à
mes malheureux compagnons : occupé de
ma propre infortune, j'avois oublié la leur.
Ils avoient tous péri.

J'avois faim; au lieu de raisonner avec
moi-même, ce qui ne m'auroit sûrement
pas rassasié, je quittai mes habits, et je
me jetai à l'eau. Comme je nageois fort
adroitement, j'eus bientôt franchi l'espace
qui me séparoit de mon navire.

Mon premier soin, dès que je fus à bord,

fut de courir à la provision. Rien n'étoit gâté; le plaisir que j'en ressentis est un des plus vrais que j'aie éprouvés de ma vie. J'avois pour moi seul la nourriture de quatorze personnes. Je me jetai d'abord sur le biscuit: quand ma première faim fut appaisée, je me ressouvins que j'étois nu; je trouvai un habit, je me le mis sur le corps: j'en remplis les poches, et je continuai de manger tout en faisant autre chose. Je me hâtai de rassembler quelques débris de planches, que je liai ensemble de mon mieux, et dont je fis une manière de radeau, sur lequel je jetai tout ce que je vis en gros qui pourroit m'être le plus utile.

Lorsque mon radeau fut assez chargé, pour ne pas couler à fond, je descendis le plus légèrement qu'il me fut possible. Je le conduisois avec un morceau de planche rompue, faute de rames. Je voguai très-bien l'espace d'un mille environ; la mer étoit tranquille; la marée, qui montoit, me portoit à terre, et, tout foible qu'étoit le vent, il ne laissoit pas que de me favoriser. Malgré tous ces avantages, cependant je sentois qu'insensiblement je dérivois de l'endroit d'où j'étois d'abord parti. Cette petite circonstance alloit m'inquiéter; mais je réfléchis que j'étois sans doute entraîné par quelque courant d'eau, et qu'en le suivant,

peut-être allois-je trouver, ou une baie, ou
une rivière, qui me tiendroit lieu de port
pour débarquer ma cargaison.

Mon espérance ne fut point trompée, je
découvris une petite ouverture de terre qui
faisoit admirablement bien mon affaire. Mais
à peine je goûtois le plaisir d'entrevoir que
j'allois arriver à bon port, que je faillis à
faire un second naufrage.

Au bout d'une heure de navigation, je
fis entrer mon radeau dans un canal, vers
lequel la marée me conduisit d'elle-même,
et où je fus assez heureux pour débarquer
tout ce dont je m'étois chargé.

La première chose par où je débutai,
dès que je fus à terre, fut de voir en détail
tous les effets que j'avois pris en gros dans
le vaisseau.

Je vis, dans l'examen de mes richesses,
trois coffres assez bons et fort amples.
Dans le premier, j'avois mis, à la place des
guenilles qui étoient dedans, du pain, du
riz, trois fromages d'Hollande, cinq pièces
de bouc séché, qui composoient notre principale nourriture, et un petit reste de blé
d'Europe, qu'on avoit mis à part pour en-
graisser quelques volailles. Quant à la bois-
son, j'avois été assez heureux pour trouver
plusieurs caisses de bouteilles, parmi lesquelles il y avoit quelques eaux cordiales, et

environ vingt *quartes de rakc* ; je les avois
arrangées séparément , parce qu'il n'étoit
pas besoin , ni même possible de les mettre
dans les coffres.

L'espèce d'effets dont j'avois le plus grand
besoin , étoient des outils avec lesquels je
pusse travailler quand je serois à terre. J'a-
vois culbuté tout le fond de cale pour trouver le coffre du charpentier ; je l'avois trouvé : c'étoit un véritable trésor pour moi ,
mais un trésor beaucoup plus précieux que
n'auroit été pour lors un vaisseau tout
chargé d'or.

Voilà à peu-près tout ce que je trouvai
dans mon inventaire , sans oublier deux fusils fort bons et deux pistolets , dont je me
saisis , ainsi que de quelques cornets à poudre , d'un petit sac de plomb , de deux
vieilles épées rouillées , et de trois barils de
poudre.

Cet examen fini , il m'en restoit un second , guères moins important que le premier, celui de mon île. Je ne savois encore
si elle étoit déserte où habitée. Allois-je
vivre avec des hommes , avec des monstres , ou sans autre compagnie que moi-
même ? Une pareille incertitude , embarras-
sante pour tout le monde , devoit l'être bien
davantage pour un malheureux échappé
du naufrage.

A un mille environ de l'endroit où j'avois débarqué mes coffres, il y avoit une montagne élevée qui dominoit tout l'horison. Je pris un fusil, un pistolet, un cornet de poudre, un petit sac de plomb, et je montai sur le sommet pour découvrir le pays. Je n'arrivai qu'avec peine, tant je rencontrai de difficultés sur ma route; mais ce qui me chagrinoit davantage, ce fut le spectacle toujours plus accablant dont j'étois témoin, à mesure que j'avançois et que ma vue s'étendoit. De quelque côté que je portasse mes regards, je me trouvois dans une île isolée et stérile, réduit à vivre avec moi seul, ou tout au plus, avec des bêtes sauvages; car je n'appercevois, pour tout animal vivant, qu'un nombre infini d'oiseaux de toute espèce, dont la plûpart m'étoient inconnus.

Peu satisfait de ma découverte, je retournai tristement auprès de mon radeau. La nuit s'approchoit, et je ne savois que faire de ma personne. Je me hâtai donc, tandis qu'il me restoit un peu de jour encore, de me barricader de tous côtés avec mes coffres; et je me couchai au milieu de cette nouvelle espèce de forteresse.

J'étois assez las pour dormir et prendre quelque repos; mais le coup-d'œil de mon île maudite, que j'avois toujours présente à l'esprit, me donnoit des pensées noires,

et chassoit bien loin de moi le sommeil.
Enfin je m'endormis.

Le sommeil des infortunés n'est pas long ;
mes inquiétudes me réveillèrent dès la première pointe du jour ; et, ne conservant sur
moi qu'une chemise toute déchiquetée, des
caleçons et une paire d'escarpins aux pieds,
je me rendis au vaisseau.

Premièrement, dans le magasin du charpentier, je trouvai trois sacs pleins de clous
et de pointes, une grande tarière, dix-sept
haches, et une pierre à aiguiser, instrument
qui devoit m'être d'un grand usage. Chez
le canonnier, je trouvai trois leviers de fer,
deux barils de balles, sept mousquets, un autre fusil de chasse, une petite provision de
poudre et un gros sac de dragée. Je trouvai encore une ample provision d'habits,
que j'enlevai, avec une voile de surcroit du
perroquet de misaine, un branle, un maté-
las et quelques couvertures. J'arrangeai ces
différens effets sur mon second train, veil-
lant sur toutes choses à le charger également de tous les côtés ; et, grâce à cette
précaution, j'amenai le tout à terre avec un
bonheur et un succès qui contribrèrent ex-
trêmement à me fortifier dans mes disgraces.

Les tonneaux de poudre et de dragée que
j'avois apportés, étoient si gros et si lourds,
qu'il ne m'avoit pas été possible de les enlever

tout d'une pièce; il m'avoit fallu les défoncer
et en partager la charge en une infinité de pa-
quets. Cette opération m'avoit pris du temps:
toutefois, me voyant de bonne heure à terre
avec toute ma cargaison, je travaillai à me
faire une petite tente avec la toile que j'a-
vois, et avec des piquets que je coupai pour
cet effet. Tout ce qui auroit pu se gâter à la
pluie et au soleil, je le transportai le soir
même dans cette tente; je l'entourai de tous
mes coffres et de tous mes tonneaux vides;
pour la fortifier contre tout assaillant, de
quelque espèce qu'il pût être; j'en barrica-
dai la porte avec des planches en dedans, et
avec un coffre dressé sur un bout en dehors.
Ce plan de défense achevé, je posai mes deux
pistolets à mon chevet, je cachai mon fusil
auprès de moi, et je me mis au lit pour la première fois. J'étois si accablé du travail de ma
journée, que je dormis très-profondément.

J'allois régulièrement à bord chaque jour,
pendant la marée haute, et j'en rapportois,
tantôt une chose, tantôt une autre. La troisième fois, entr'autres, que j'y allai, j'enlevai
tout ce que je pus des agrès; j'enlevai les petites cordes et le fil de carret, une pièce de canevas de surcroit, qui avoit été destinée pour
raccommoder nos voiles dans l'occasion; enfin toutes les voiles depuis la plus grande jusqu'à la plus petite, les coupant en plusieurs
morceaux,

morceaux, pour les transporter plus aisément.

J'avois déjà fait cinq ou six voyages, et
je comptois m'être emparé de tout ce qu'il
y avoit de mieux dans le vaisseau, quand je
découvris encore un grand tonneau de biscuit, trois barils de rhum ou d'eau-de-vie,
une boîte de cassonade et un muid de fleur
de farine très-belle, que je transportai à
terre avec autant de bonheur que les autres.
Enfin, si le mauvais temps ne se fût mis de
la partie, j'aurois amené, je crois, tout le
bâtiment à terre, pièce à pièce.

Quoiqu'il en soit, je me préparois à y
retourner, pour la douzième fois. Le vent
commençoit à s'élever ; c'étoit un obstacle,
je le franchis. J'avois fouillé par-tout avec
tant d'exactitude, que je ne soupçonnois pas
qu'il y eût rien davantage à trouver. Je dé-
mêlai pourtant dans un coin une espèce d'armoire avec des tiroirs dedans ; dans un de ces
tiroirs, il y avoit deux ou trois rasoirs, une
petite paire de ciseaux et dix ou douze couteaux, avec autant de fourchettes. Il y avoit
dans un autre trente-six livres sterlings en
espèces, les unes monnoies d'Europe, les autres de Brésil, moitié en argent, moitié en
or, et entr'autres quelques pièces de huit.
Je pris cette somme avec les autres ustensiles qui se rencontrèrent dans l'armoire,

B

j'empaquetai le tout dans un morceau de canevas.

J'allois me faire un radeau ; mais le Ciel se couvroit, et déjà le vent commençoit à fraîchir. Il y auroit eu de l'extravagance à vouloir conduire à bord un radeau, avec un vent qui éloignoit de terre ; le parti le plus court étoit de m'en retourner, avant que le flux ne me commandât, si je ne voulois pas dire adieu pour toujours à mon île. En conséquence, je me jetai à l'eau, et je traversai à la nage tout l'espace qu'il y avoit entre le vaisseau et les sables ; mais ce ne fut pas sans beaucoup de peine, tant à cause du poids dont j'étois chargé, que du trouble et de l'agitation de la mer. Les vents s'élevèrent si brusquement, qu'il y eut une tempête violente, avant même que la marée fût haute. Où en aurois-je été avec mon radeau !

CHAPITRE III.

Robinson choisit sa demeure. — Il va à la chasse. — Il trouve des épis d'orge. — Il manque d'être écrasé. — Il veut changer de demeure.

Le vent faisoit des siennes, mais je ne le craignois plus : j'étois arrivé chez moi, à l'abri de l'orage, et posté dans ma tente, au

centre de mes richesses. Il fit un gros temps
toute la nuit ; et le matin , quand je voulus
regarder en mer , il ne paroissoit plus de vaisseau.

Toute mon attention se tourna alors sur
moi-même. Mon île pouvoit être infestée ou
par des Sauvages, ou par des monstres ; il
s'agissoit de me mettre à l'abri des uns et des
autres. Pour y parvenir , tantôt je voulois
me creuser une caverne , et tantôt j'avois
dessein de me dresser une tente. A la fin,
ne pouvant me décider pour l'une de ces
habitations , je me résolus à les avoir toutes
deux. Il ne m'en coûtoit que de les construire ; car je ne manquois d'ailleurs ni de
terrain , ni de matériaux.

Je décrivis un demi-cercle ; dans ce demi-
cercle j'enfonçai un double rang de pieux ,
à cinq pieds de hauteur ; entre ces pieux je
mis des câbles , et j'entourai le tout de
deux voiles goudronnées , dont une extrémité étoit attachée aux pieux , et l'autre au
rocher. Par ce moyen, ma muraille et mon
toît étoient hors d'atteinte. Quant à ma
porte , c'étoit une échelle qui m'en tenoit
lieu , et que je tirois à moi quand j'étois
monté.

Je prenois toutes ces précautions pour
être en sûreté , et toutes ces précautions
étoient inutiles ; mais alors je n'en savois

rien. Dès que ma bâtisse fut achevée, j'y portai toutes mes provisions, en commençant par celles qui auroient pu se gâter à la pluie ; car il y a certains mois de l'année où la pluie, dans ces contrées, est aussi malsaine qu'excessive.

Le projet de ma tente une fois rempli, je me mis aussitôt après ma caverne, et je creusai dans le rocher.

Malgré l'importance et le nombre de mes occupations, il étoit bien rare que je laissasse passer un seul jour sans aller au moins une fois dehors, soit pour me délasser de mes fatigues, soit pour rencontrer, s'il étoit possible, quelque animal dont je fisse mon profit ; soit enfin pour découvrir, autant que s'étendoient là-dessus mes connoissances, quels étoient les fruits que produisoit mon île. Je ne marchois point sans mon fusil. Un soir, en rentrant chez moi, je vis des boucs, et je comptois bien en porter quelques-uns au logis ; mais ils n'étoient rien moins que d'humeur à me permettre de les tuer ; de manière qu'après les avoir poursuivis long-temps, je fus obligé de m'en retourner comme j'étois venu.

Le lendemain, je revins à la charge. Mes boucs, prévenus de la veille, étoient au guet. Outre que ces animaux sont sauvages, ils sont encore si rusés et si légers à la course,

qu'il n'y a rien au monde de plus difficile
que de les approcher. Cette difficulté ne me
rebuta cependant point : leur chair m'étoit
trop nécessaire pour que je ne m'opiniâ-
trasse pas à essayer tous les moyens de me
l'approprier. J'avois remarqué que, quand
mes boucs étoient sur les rochers, et moi dans
les vallées, ils s'enfuyoient tous avec une vîtesse extrême; et que, quand nous étions, eux
dans les vallées, et moi sur les rochers, ils s'em-
barrassoient aussi peu de ma présence, que
si j'avois été à vingt lieues de là. Je conclus
de cette observation qu'ils voyoient au-
dessous d'eux, mais ne voyoient point au-
dessus de leur tête. J'allois en conséquence
à la chasse sur un arbre, et me perchant
dans l'endroit où ils s'assembloient en plus
grand nombre, je les tirois à discrétion.

Nos besoins sont nos maîtres; sur-tout la
difficulté que nous trouvons à les satisfaire,
nous rend inventifs. Quand ma demeure
fut une fois fixée, et que j'y fus d'ailleurs
assez à mon aise, je songeai que, pour ma
cuisine, il ne seroit pas hors de propos que
j'eusse du feu. Je fis donc une espèce de
cheminée qui me coûta beaucoup de peine,
mais à laquelle enfin je réussis.

Cependant tout étoit en désordre dans
mon appartement. Si j'avois besoin d'un
meuble, avant que de tomber sur celui que

je cherchois, j'en trouvois trente sous ma
main, dont je n'avois que faire. Pour remé-
dier à cet inconvénient, j'élargis ma caverne, afin que, dans un plus grand espace, il me fût plus aisé de mettre plus de
symétrie et d'arrangement dans le nombre
et l'espèce différente de mes effets.

Tout fut à peine placé, que je m'apperçus qu'il me manquoit une table ; il fallut
l'entreprendre. Heureusement j'avois ap-
porté du vaisseau quelques planches qui
me servirent à cet objet. Il en fut de même
d'une chaise ; c'est-à-dire que, tant bien que
mal, je m'en fabriquai une qui n'étoit pas
belle, mais sur laquelle au moins je pouvois m'asseoir.

Je voulus aussi faire un tonneau ; mais apparemment que de tous les métiers, le métier
de tonnelier est le plus difficile, ou celui
pour lequel j'avois le moins d'aptitude, car
je n'en pus jamais venir à bout. Je réussis
bien à fabriquer chaque pièce en particulier ;
mais quand il fallut les joindre toutes, j'y
échouai net : et, après quinze jours d'efforts
et de travail inutiles, j'y renonçai.

Cependant je me couchois tous les jours
avec le Soleil. Je n'avois point d'autre lumière ; dès que le jour finissoit, il falloit
que je demeurasse oisif, jusqu'à ce qu'il
plût au sommeil de me délivrer de moi-

même ; et, si par hasard j'avois oublié de
tenir mon souper prêt, je me rompois vingt
fois le cou en l'apprêtant à tâtons. Je fis
sécher de la graisse de bouc ; et, passant
au travers un fil de carret, en guise de
mèche, j'eus une lumière un peu plus obs-
cure qu'une lampe, mais dont je me con-
tentai faute de mieux.

Mon biscuit avançoit, et j'étois très-fâché
de me voir bientôt sans pain. Cette idée me
rendoit si mélancolique, qu'ayant encore
de quoi vivre, je souffrois déjà une disette
cruelle dans l'esprit : vingt fois je m'abstins
de nourriture, pour être en état de me nourrir plus long-temps.

Plein de cette pensée, je vis un soir, en
rentrant chez moi, quelques tiges autour
de ma palissade ; en les examinant de plus
près, je reconnus des épis d'orge et de blé.
Cette vue me rendit immobile : et l'on voit
assez tout l'effet qu'elle devoit produire sur
un infortuné qui, réduit à vivre sans pain
dans un désert, trouve du blé, au moment
même où le malheur d'en manquer le reste
de ses jours, fait sur son esprit une impres-
sion des plus vives ?

Je le recueillis, ainsi que le riz, dans la
saison propre à la récolte, bien résolu de
ne le semer qu'en temps et lieu, et de m'en
priver jusqu'à ce que j'en eusse une quan-

tité suffisante pour fournir à l'entretien du reste de ma vie.

Tout étoit en ordre dans mon habitation, et j'achevois de mettre la dernière main aux embellissemens qu'il m'avoit plu d'y faire, quand je faillis d'être écrasé sous mon propre ouvrage. Voici le fait.

Je m'occupois derrière ma tente, lorsque tout-à-coup je sentis s'ébranler le rocher suspendu sur ma tête. En même-temps j'entendis craquer horriblement les poutres de ma caverne. Je me retourne; saisi de frayeur, je vois mon plancher prêt à fondre sur moi : aussitôt je me sauve vers mon échelle.

J'eus à peine mis le pied de l'autre côté de ma palissade, que je reconnus clairement qu'il y avoit un tremblement de terre affreux. Trois fois le terrain où j'étois trembla sous mes pieds.

J'étois assis, ou plutôt étendu sur la terre. L'air s'obscurcit, et le Ciel se couvrit de nuages. Un moment après, le vent se lève, la mer se blanchit d'écume, le rivage est inondé de flots, les arbres se déracinent et tombent; en un mot, je vois tous les ravages de la plus affreuse tempête. Cependant je réfléchis tout-à-coup que la pluie et le vent étant une suite naturelle du tremblement de terre, il falloit que ce dernier fût

épuisé , puisque les deux autres avoient
lieu : je pouvois donc me hasarder à retourner dans ma demeure.

La pluie continua toute la nuit, et une
bonne partie du lendemain. Mes grandes
frayeurs étoient passées, et je commençai à
raisonner sur mon état. L'île que j'habite,
me dis-je à moi-même , est sujette à des
tremblemens de terre ; donc il faut aller
m'établir sur une hauteur , où je n'aie
aucune chûte à craindre. En conséquence
je songeai très-sérieusement à me chercher
un nouveau domicile.

Comme j'allois entreprendre un ouvrage
de longue haleine , je crus devoir examiner
auparavant où en étoient mes provisions.
Je fis la revue de mon pain ; et je vis qu'il
falloit me réduire à un biscuit par jour, ce
qui me causa un véritable chagrin.

Je renonçai absolument au désir que
j'avois eu de changer de demeure , et je pris
la résolution de ne perdre jamais la mer de
vue, afin de profiter du premier vaisseau
que j'y découvrirois, si j'étois assez heureux pour que la tempête en jetât quelqu'un
auprès de mon île,

CHAPITRE IV.

*Robinson est malade. — Il fait le tour
de son île. — Il fait ses provisions.
— Il est confiné dans sa caverne. — Il
s'avance plus avant dans son île.*

LE lendemain, je sentis une sorte de
frisson dont je ne devinois point la cause;
je m'avise de me tâter le pouls; j'avois la
fièvre. Je me mis au lit aussitôt; j'y fus à
peine, que j'y éprouvai du froid, des tremblemens, et un violent mal de tête.

La nuit me surprit sur mon grabat; un
nouvel accès de fièvre me prit : j'eus le
transport, il m'épuisa, et je dormis.

Je me réveillai avec une soif brûlante;
mais il ne faisoit pas encore jour, et il n'y
avoit pas un verre d'eau dans toute ma demeure. Dès que le jour reparut, je me levai, et faisant vingt efforts à vingt reprises
différentes, j'arrivai jusqu'à une source
d'eau vive, où je me désaltérai.

Enfin, je me ressouvins que les Brésiliens,
quels que fussent leurs maux, n'y appli-
quoient que du tabac pour toute médecine.
J'avois du tabac, mais j'ignorois comment il
le falloit apprêter. Je l'arrangeai, à tout hasard, de toutes les manières que je pus imaginer, espérant que dans la foule peut-être

je rencontrerois la bonne. Ensuite je me
couchai ; mais auparavant, dans la crainte
que la fièvre ne me reprît, je pourvus aux
rafraichissemens dont je pourrois avoir
besoin.

Le lendemain, je fus à la chasse ; mais
auprès de chez moi, pour ne pas me fati-
guer. Je rentrai de bonne heure, je me reposai le reste du jour, et le soir je pris une
seconde médecine. Le surlendemain, je fis
à peu près le même exercice que le jour
précédent ; je pris le soir une troisième médecine, et la fièvre disparut.

Je commençois à me familiariser avec
mon île ; la nécessité d'y vivre, l'impossibilité d'en sortir, tout me forçoit à m'y ac-
coutumer. J'en voulois examiner tous les
arbres, tous les fruits, toutes les plantes,
afin de tirer parti de toutes mes provisions.

Je débutai, dans ma première visite, par
la petite baie où j'étois abordé avec mes
radeaux. J'avançai deux milles environ,
jusqu'à un petit ruisseau d'eau douce excellente, où finissoit la marée.

Sur ses bords, je trouvai plusieurs prairies charmantes, couvertes de la plus
agréable verdure ; au-dessus desquelles
croissoit, outre une quantité prodigieuse de
tabac vert, un grand nombre d'autres
plantes que je ne connoissois pas.

Le lendemain je repris la même route, et m'étant avancé un peu plus loin que je n'avois fait la veille, je vis finir mon ruisseau et mes prairies. La campagne étoit plus couverte de bois, où il y avoit une abondance incroyable de fruits de toutes les espèces.

Le lendemain, je continuai ma marche; mais j'eus fait quatre milles à peine, que je trouvai la fin de mes bois. Je n'avois plus devant moi qu'un pays découvert : un ruisseau d'eau fraîche jaillissoit du haut d'une colline; et toute cette partie paroissoit si tempérée, si verte, si fleurie, qu'on l'eût prise d'un côté pour un jardin dessiné par la main de l'art, et que, de l'autre, il étoit aisé de voir que la nature y faisoit régner un printemps éternel.

Au reste, cette portion de mon domaine étoit remplie de cacaos, d'orangers, de limoniers et de citronniers.

La saison pluvieuse approchoit : je me hâtai de cueillir mes fruits, afin qu'ils séchassent, et que je n'eusse plus qu'à les emporter. Je m'avisai de les pendre aux arbres, et de les y laisser sécher au soleil, jusqu'à ce qu'ils fussent en état de souffrir le transport. Quand ils furent secs, je les ramassai et je rentrai chez moi avec toutes mes provisions.

Il

Il pleuvoit, et je ne sortois plus; ma fièvre m'avoit appris à ne point m'exposer.

Voici de quelle manière mes repas étoient réglés : mon déjeûner étoit composé d'une grappe de raisin ; j'en avois en abondance; à dîner, un morceau de tortue ou de bouc rôti, ou plutôt grillé sur des charbons, car je n'avois point eu l'esprit encore de me fabriquer les vases nécessaires pour faire bouillir ma viande; le soir, deux œufs de tortue, quelquefois j'allois jusqu'au troisième ; mais c'étoient là mes jours de débauche.

On imagine bien que je n'étois pas oisif dans ma retraite, l'ennui m'y auroit accablé. Tous les jours je travaillois régulièrement deux ou trois heures à agrandir ma caverne, et je parvins insensiblement à me pratiquer une sortie libre derrière mes fortifications ; j'avois percé le rocher de part en part.

Mais, pour reprendre le fil de ma narration où je l'ai laissée, je m'occupai, tout le reste de la saison pluvieuse, à construire bien ou mal les petits meubles différens dont j'avois besoin.

J'étois pressé d'avoir en ma disposition deux choses encore : quelques vases d'abord, et ensuite une pipe. Pour la pipe, j'eus beau mettre en mouvement tous les ressorts de mon imagination, je ne pus qu'y

C

suppléer, encore fort mal adroitement.
Quant aux vases, j'en vins plus aisément à
bout, et ce succès me fit un plaisir d'autant
plus sensible, que, mes bouteilles étant plei-
nes d'eau-de-vie ou d'autres liqueurs, il ne
me restoit aucun vaisseau propre à rien contenir de liquide.

Les pluies avoient cessé de tout inonder;
l'envie d'achever le tour de mon île revint
me saisir; je pris mon fusil, une hache, de
la poudre, du plomb, et trois grappes de
raisin. Mon chien, que j'avois retrouvé depuis quelques jours, m'accompagnoit dans
toutes mes courses; il me suivit, et nous
partîmes.

Mon voyage et mes découvertes me don-
noient un vrai plaisir. Je rencontrois dans les
lieux bas des animaux sans nombre, que je
prenois les uns pour des lièvres, les autres
pour des renards, mais qui ne ressembloient
à rien de tout ce que j'avois vu jusque-là.

Quoique je n'avançasse guère plus de
deux milles par jour, je faisois tant de tours
et de détours pour tout voir et tout examiner, que le soir j'étois suffisamment fatigué:
je me choisissois alors un arbre, et je passois la nuit sur ses branches.

J'oubliois de dire que mon chien surprit
un chevreau dans cette caravane; j'accou-
rus d'abord, et je fus assez heureux pour

le lui arracher à temps, et le prendre en vie.
Cette capture me fut d'autant plus agréable, que je songeois depuis long-temps par
quels moyens je pourrois m'approprier un
couple de ces animaux, afin d'en élever un
troupeau sous ma main, et de pourvoir
ainsi à ma subsistance, quand mon plomb
seroit épuisé, et que, par conséquent, la
chasse me seroit interdite. Je fis donc un
collier à celui-ci, et je le conduisis, bon
gré malgré, jusqu'à ma métairie : ce n'é-
toit pas trop là son avis ; mais nous étions
deux, et j'étois le plus fort.

On ne sauroit croire avec quelle satisfac-
tion je revis mon ancien foyer, et de quel
plaisir je jouissois en me reposant dans mon
lit. Ma vieille maison me parut un palais ma-
gnifique, où je n'avois rien à desirer. J'étois
enchanté de tout ce qui m'environnoit; et, ravi de respirer chez moi à mon aise, je me promis bien de ne jamais perdre mon rivage de
vue pour un temps si considérable. Il y avoit
un mois environ que j'étois dehors.

CHAPITRE V.

*Robinson est de retour dans sa caverne.
— Il fait des vases de terre. — Il
supplée aux autres meubles dont il a
besoin. — Il se construit un four.
— Il fait une chaloupe.*

Je ne sortis point de huit jours; premièrement pour le plaisir de ne point sortir, ensuite pour me reposer un peu de mes fatigues. J'avois pris dans mon voyage un
perroquet qui commençoit à être de la famille, et dont les gentillesses m'amusoient
infiniment ; j'employai mes huit jours de
repos à lui construire une cage.

Cet ouvrage achevé, je me hâtai d'aller
rendre visite à mon chevreau. La faim
qu'il avoit soufferte l'avoit mis à la raison ;
je le trouvai fort docile et fort traitable. Il
devint en peu de temps si privé, si carres-
sant, si familier, que je renonçai dans la
suite à m'assurer de sa personne ; il couroit
après moi de lui-même, il étoit par-tout sur
mes pas, et il fut agrégé au nombre de
mes domestiques.

Les pluies revinrent; mon perroquet me
tenoit alors compagnie ; et tout en travail-
lant, je lui apprenois à parler. Mon nom et
le sien furent en même-temps les deux mots

qu'il savoit le mieux répéter, et les premiers qui me furent prononcés dans mon île par une autre bouche que la mienne.

Il y avoit long-temps que je ne me passois de vases qu'à regret. Depuis plusieurs jours, venant à considérer la chaleur du climat où je vivois, je ne doutai presque plus qu'en trouvant de l'argile, je ne pusse en former un pot, qui, bien séché au soleil, seroit assez dur pour être transporté sans risque, et assez fort pour contenir, sans s'éclater, mon blé, ma farine et mille autres provisions qui demandent à être tenues renfermées.

Après bien des recherches inutiles, enfin je trouvai de l'argile. Mais le lecteur auroit pitié de moi, ou riroit de bon cœur à mes dépens, si je lui racontois de combien de manières bisarres je m'y pris pour ne rien faire qui vaille; l'étrange et difforme figure de me ouvrages me faisoit rire moi-même.

Mais, si j'avois mal réussi dans la combinaison des grands vases, je fus en revanche assez content de moi dans la composition des petits, et, grace à ma patience, je me vis riche, à la longue, en pots, en plats et en terrines. L'argile, qui prenoit, à quelque chose près, sous ma main, toutes les figures que je voulois, recevoit des rayons bien ménagés du soleil, une force et une dureté surprenantes.

C 5

Cependant toute ma batterie de cuisine ne répondoit point encore au but principal que je m'étois proposé ; elle avoit beau s'être augmentée, il me manquoit toujours un vase qui pût souffrir le feu, et contenir les choses liquides. J'y rêvois très-sérieusement, quand, au bout de quelque temps, ayant allumé un grand brâsier pour apprêter mes viandes, j'apperçus en tisonnant, un morceau de ma vaisselle, qui étoit dur comme une pierre, et rouge comme une tuile. Cette vue me surprit agréablement, et je me dis aussitôt que mes pots pourroient bien se cuire entiers sous ma cheminée, puisqu'il s'en cuisoit des morceaux séparés dans une si grande perfection.

Je me mis alors à considérer comment il faudroit que je disposasse mon feu pour venir plus sûrement à bout de mon dessein. A tout hasard, je plaçai trois pots sur trois grandes cruches, en forme de pile, avec un gros tas de cendres par dessus ; je fis autour un feu clair, dont la flamme enveloppoit si bien mes vases aux côtés, et par-dessus, qu'un moment après je les vis tout rouges de part en part, sans qu'il y en eût aucun de fêlé.

Cette opération délicate me tint debout et très-attentif, toute la nuit ; car je n'osois pas lever les yeux de dessus mon ouvrage,

dans la crainte que mon feu, venant à s'a-
battre trop soudainement, je n'en fusse
pour les frais de mon entreprise. En récom-
pense je me vis maître, à la pointe du jour,
de trois grandes et amples cruches, qui
étoient bonnes, au moins, si elles n'éto ent
pas belles, et de trois autres pots de terre
aussi bien cuits que je le pouvois souhaiter.
Il y en avoit un entr'autres auquel le gra-
vier avoit donné un vernis parfait.

Je n'ignore pas qu'en lui-même un pot
de terre ne soit un objet d'une fort mince
conséquence; cependant jamais joie ne fut
égale à celle que je ressentis, quand je pus
me dire que j'en avois créé, pour ainsi dire,
un qui seroit propre à l'usage pour lequel
je l'avois destiné.

Après mes pots, le meuble que je desirois le plus étoit un mortier de pierre, où
je pusse piler ou battre mon blé. Je cherchai
pendant plusieurs jours, une pierre qui fût
assez grosse, et qui eût assez de diamètre
pour pouvoir être creusée. Je fis, pour
ainsi dire, le tour de mon île; je ne rencontrai rien qui pût répondre à mes vues.

Désespérant donc, après bien des courses, de trouver la pierre que je cherchois,
je me remis aux champs de nouveau pour
tâcher d'y rencontrer quelque gros billot,
dont le bois eût la résistance et la force re-

C 4

quises. Mon affaire fut bientôt faite, car j'a-
vois des arbres à foison ; en choisissant le
tronc le plus ample que je fusse capable de remuer ; après l'avoir arrondi de mon mieux, je
le façonnai en dehors avec ma hache et ma
doloire. J'y appliquai ensuite le feu ; et cette
manière de le creuser me coûta un travail
infini : je l'avois apprise des sauvages, qui
n'en ont point d'autre pour faire leurs
canots.

Cette longue et pénible opération heureusement terminée, je coupai une branche du
bois qu'on appelle bois de fer, et je m'en
composai un énorme et lourd pilon, que je
mis à part dans un coin, ainsi que mon
mortier, en attendant la saison de broyer
mon blé pour le réduire en farine, et m'en
faire du pain.

Ces difficultés vaincues, il m'en restoit
une autre : c'étoit de me fabriquer un sas
ou tamis, pour préparer ma farine et la sé-
parer des cosses ou du son, sans quoi je ne
voyois pas qu'il me fût possible d'avoir jamais un morceau de pain présentable.

Tout ce que je pus faire de mieux, fut
de me rappeler que, parmi les hardes de
nos mariniers, que j'avois sauvées du vaisseau, il y avoit quelques cravates de coton ;
j'y courus comme au feu, et avec les
meilleurs morceaux que j'en pus trouver,

je m'ajustai trois petits sas , qui me parurent fort bons pour mon travail.

J'avois triomphé déjà de bien des obstacles , j'avois déjà fait un grand nombre de métiers divers; je n'étois pourtant pas encore au bout de mes tentatives ; et il me falloit un levain et un four pour achever de couronner l'œuvre avec honneur. Quant au levain , je n'entrevis aucune possibilité de m'en procurer un , je n'y songeai plus.

Il n'en fut pas de même d'un four , meuble d'une nécessité indispensable. Mon imagination , épuisée d'inventions et d'efforts , me servit assez mal pendant quelques jours: à la fin pourtant , il me vint une idée que je suivis , et que voici :

Je m'avisai de construire quelques vases de terre fort larges et très-peu profonds, d'au moins deux pieds de diamètre sur neuf pouces de profondeur. Quand je voulois enfourner mon pain , je débutois par faire un grand feu dans mon four , pavé de briques carrées mises à ma manière : dès que mon bois étoit réduit en cendres , j'en dispersois les charbons en long et en large , afin d'en couvrir l'âtre tout entier : aussitôt que je croyois mon âtre suffisamment échauffé, je le balayois bien proprement , et j'y posois ma pâte , la couvrant avec mes vases de terre , autour desquels je rassemblois mes cendres

C 5

et mes charbons, pour y concentrer, ou
même pour en augmenter la chaleur. Avec
ces précautions, je cuisois mon pain aussi
vite et aussi à point que je l'aurois pu faire
dans le meilleur four du monde.

En faisant le tour de mes petits états,
j'avois entrevu une terre située vis-à-vis de
mon île ; je me flattois qu'il me seroit possible d'y passer, et qu'enfin je trouverois
quelques moyens de m'affranchir d'escla-
vage. Mais j'avois à craindre d'être mangé, ou tout au moins massacré par les Sauvages. Un accident de cette nature valoit
bien la peine d'y regarder à deux fois,
d'autant mieux qu'ayant ouï raconter quelques particularités des Caraïbes, je connoissois encore assez bien ma position pour
deviner que je ne devois pas être fort éloi-
gné de ces peuples.

Il me prit tout-à-coup fantaisie d'aller
visiter notre chaloupe. Lors de notre naufrage, la tempête, comme je l'ai déjà remarqué, l'avoit portée bien avant sur le
rivage ; je la trouvai dans la même situation
où je l'avois déjà vue, presque sans dessus
dessous, et flanquée contre une longue
éminence de gros sable, où les flots l'a-
voient laissée à sec. Si j'avois eu quelqu'un
pour m'aider à la radouber et à la lancer
dans la mer ensuite, je serois venu aisément

à bout du reste ; mais j'aurois dû prévoir qu'étant seul, il m'auroit été aussi possible de remuer l'île que de retourner ma chaloupe, et de la poser sur sa quille. Quoiqu'il en soit, j'allai couper des leviers et des rouleaux dans le bois, bien résolu de tout mettre en œuvre pour la dégager du sable, et bien persuadé d'ailleurs que, si je réussissois une fois à la placer à mon gré, il ne me seroit pas difficile de réparer les dommages qu'elle avoit soufferts, et d'en faire une manière de vaisseau sur lequel je pourrois me mettre en mer sans scrupule.

La vérité est que je ne m'épargnai aucunement dans ce travail infructueux, qui ne m'emporta guère moins que trois ou quatre semaines de temps. Mais enfin, après des fatigues incroyables, je me vis contraint de me désister de mon projet.

Piqué d'avoir manqué mon coup, je me demandois si, sans instrumens et sans aide, je ne trouverois pas moyen de me faire, avec le tronc d'un arbre, un canot ou une gondole semblable à celle des habitans de ce pays-là.

Tout autre que moi, sur-tout, s'il eût perdu ses efforts auprès de son premier bateau, auroit voulu savoir au moins, avant de commencer le second, comment il le remueroit, quand il seroit achevé.

Je débutai par couper un cèdre, le plus

gros que je pus trouver. Il me fallut vingt
jours pour l'abattre, et il men fallut trente-
cinq pour l'ébrancher. Je mis un mois à le
façonner et à le raboter avec mesure et pro-
portion, afin d'en faire quelque chose de
semblable au dos d'un bateau, tellement
qu'il pût flotter droit et sans pencher, d'un
côté plus que de l'autre. Je fus trois mois à
travailler le dedans et à le creuser, au point
d'en faire une parfaite chaloupe, qui, pouvant porter vingt-six hommes, étoit plus
que suffisante pour moi et pour toute ma
cargaison.

Quand la dernière main fut mise à mon
ouvrage, j'en ressentis une joie extrême, et
en l'examinant je me félicitois de mon adresse.

L'unique chose qui me restoit actuelle-
ment à faire, étoit celle que j'avois déjà vai-
nement tentée. Si j'y eusse réussi, je ne doute
nullement que je n'eusse entrepris le voyage
le plus téméraire et le plus dangereux. Mais
heureusement, après m'avoir coûté un travail infini, toutes mes mesures avortèrent,
et je fus obligé d'abandonner la place.

CHAPITRE VI.

Robinson remonte sa garde-robe. — Il visite son île par mer. — Il s'entend appeler par son nom. — Il fait des vases et des corbeilles. — Il se fait une basse-cour.

Mes habits commençoient à dépérir : trois douzaines de chemises que j'avais heureusement sauvées du naufrage , étoient devenues si vieilles , que le morceau me demeuroit à la main.

J'avois eu grand soin de ne perdre aucune des peaux des bêtes à quatre pieds que j'avois tuées. J'en fis premièrement un grand bonnet, dont le poil étoit tourné en dehors , afin que la pluie glissât dessus , et ne le pénétrât pas : je m'en fabriquai ensuite une veste lâche , et des culottes ouvertes , pour me mettre à l'abri du chaud. Tout mal fagoté qu'étoit mon ajustement , ni la pluie ni le soleil ne pouvoient le percer.

Dès que je fus vêtu , il me vint en pensée d'avoir un parasol : ils sont d'une grande ressource contre les chaleurs. Cet ouvrage me coûta prodigieusement. J'en fus aussi pour trois ou quatre essais , auxquels je n'eus pas plutôt mis la dernière main, que je m'apperçus que je n'en pourrois jamais tirer aucun parti.

Je ne me décourageai cependant point ; au contraire, profitant des fautes que j'avois commises, et m'obstinant toujours à recommencer pour mieux faire à l'avenir, il se trouva enfin que je bâtis une sorte de carcasse, qui avoit assez l'air d'une carcasse de parasol, et que je couvris de peaux, dont je tournai le poil en dehors, attention que j'avois déjà eue par rapport à mon bonnet. Triomphant alors, et bravant les saisons, je marchois sans rien craindre, défiant également le soleil et la pluie.

Ma chaloupe étoit toujours demeurée dans l'endroit où je l'avois faite ; elle sembloit être là pour m'avertir toutes les fois que je passois auprès d'elle, qu'il ne falloit jamais rien entreprendre sans être sûr auparavant de pouvoir mettre à fin son entreprise : je profitai de la leçon. Ma fureur de voyager s'étoit réveillée ; et j'employois tout le temps que je ne donnois point à la chasse, à me fabriquer un nouveau canot, plus petit et plus près de la mer, qui m'occupa deux ans entiers.

Mon dessein n'alloit à rien moins qu'à risquer un voyage en terre ferme. Ce voyage auroit été de quarante milles environ ; mon malheureux canot se trouva de beaucoup trop petit pour une course si longue, et je fus réduit à me rabattre sur le desir que j'avois eu auparavant de faire le tour de mon île par mer, comme je l'avois déjà fait par terre.

Toutes mes mesures bien prises, je me résolus à prendre tout de bon mon essor. En conséquence je plantai mon parasol à la poupe de mon canot, afin de m'y mettre à l'ombre ; ensuite j'y portai une douzaine de pains d'orge, un pot de terre plein de riz sec, une petite bouteille de rhum, la moitié d'une chèvre, de la poudre et de la dragée pour en tuer d'autres ; enfin, deux gros surtouts, l'un pour me coucher dessus, et l'autre pour me couvrir pendant la nuit.

Enfin je partis ; et après avoir rencontré quantité d'obtacles, couru les plus grands dangers, et éprouvé des fatigues sans nombre, je regagnai le rivage.

Dès que je me fus élancé à terre, je me jetai à genoux, et je remerciai le ciel : de ma vie je n'avois prié Dieu si dévotement. Lorsque ma prière fut achevée, je me rafraîchis du mieux que je pus ; et me donnant à peine le temps de mettre mon canot en sûreté dans un petit cavot que j'avois remarqué sous des arbres, je m'endormis épuisé des fatigues de mon voyage, et des dangers que j'y avois courus.

Il s'agissoit maintenant de reconnoître le pays. A force de m'orienter, je crus voir que je n'étois qu'à une médiocre distance de l'endroit où je m'étois rendu, lorsque j'avois traversé mon île. Ainsi, laissant toutes mes provisions à bord, sur le soir j'arrivai à la vieille treille que j'avois faite autrefois; tout y étoit dans le même état, et depuis je l'ai toujours cultivée avec beaucoup de soin; c'étoit ma maison de campagne.

Ma treille n'avoit point d'autre porte que la haie dont elle étoit entourée; je sautai par-dessus, et choisissant un endroit où je pusse me coucher à l'ombre, car j'étois d'une lassitude extrême, je m'endormis sur le champ. Mais quelle fut ma surprise, lorsque je m'entendis réveiller par une voix qui, m'appelant à diverses fois par mon nom, me demandoit familièrement où j'avois été. *Où avez-vous été, Robinson?* me disoit la voix; *pauvre Robinson, où avez-vous été?*

Mon imagination étoit si effrayé, que j'étois déjà tout en sueur : je revins un peu de mon trouble cependant, en voyant mon perroquet perché sur ma haie, au-dessus de ma tête; c'étoit lui qui m'avoit parlé.

Comment est-il venu précisément dans cet endroit, me disois-je, plutôt que de s'arrêter dans tout autre? quel coup du sort lui a fait choisir, pour me dire mon nom, l'instant où, en me réveillant en sursaut, sa voix devoit m'effrayer; tandis qu'elle n'eût fait que m'amuser en toute autre circonstance. Je faisois ces réflexions, j'en faisois mille autres encore; mais, considérant à la fin qu'elles étoient inutiles, je les bannis de mon esprit, et j'appelai mon perroquet. Il obéit, et vint aussitôt se placer sur mon épaule, en me répétant : *Robinson, où avez-vous été ? où avez-vous été, pauvre Robinson ?*

De retour dans mon domaine, et plus retiré que jamais, je ne m'occupai plus que de mes besoins, me perfectionnant tous les jours, à vue d'œil, dans les professions mécaniques que la nécessité de mes affaires m'obligeoit d'embrasser. Je me distinguai entr'autres dans la charpenterie; et mon talent pour un métier aussi difficile étoit d'autant plus marqué, que j'y réussissois sans le secours des outils qui m'auroient été nécessaires et qui me manquoient presque tous.

Je trouvai même le secret de faire une pipe; découverte utile, dont ma vanité fut on ne sauroit plus flattée. Jamais, si j'ose le dire, je ne m'énorgueillis tant de mon mérite, que le jour où je fumai pour la première fois dans mon île.

Outre ces talens, j'en acquis de non moins intéressans encore dans la profession de vannier, et je fis des corbeilles qui, bien qu'assez mal tournées, parce que je n'avois pas le loisir d'y mettre la dernière main, étoient néanmoins assez solides, pour être transportées commodément et sans risque.

A mesure que je tirois, ma poudre et mon plomb n'augmentoient pas. Je fis la revue de mes sacs ; ils étoient si diminués, que la crainte de les voir bientôt vides, me fit trembler d'avance pour l'avenir. Jusqu'ici mon fusil avoit été en effet mon unique ressource, et de quoi me nourrir désormais sans poudre, ou comment tuer les animaux dont j'avois besoin pour vivre ? Il est bien vrai que j'avois pris une chevrette il y avoit déjà huit ans ; je l'avois apprivoisée dans l'espérance que peut-être je serois assez heureux pour attraper un bouc ; mais quand j'en eus un, ma chevrette, qui étoit devenue une vieille chèvre, ne pouvoit plus remplir mon projet.

Je songeai donc à me procurer d'autres chèvres par adresse, puisque cette manière d'en avoir étoit la seule qui me restât. En conséquence, et pour avoir à choisir dans le grand nombre, je tendis force filets qui ne me servirent de rien, parce qu'ils étoient trop foibles. J'en aurois bien pû faire de plus forts, mais je n'avois point de fil d'archal.

Une belle nuit je tendis des trappes ; et un matin, en allant y faire un tour à mon ordinaire, j'y trouvai d'un côté, un vieux bouc d'une grandeur monstrueuse, et de

l'autre, trois chevreaux tels que je les souhai-
tois, l'un mâle et les deux autres femelles.

Le vieux bouc étoit si farouche, que je lui
rendis la liberté; je tirai les autres un par
un de leur fosse, et les attachant tous trois
au même cordon, je ne les conduisis chez
moi qu'avec peine; il se passa même quelque temps avant qu'ils voulussent prendre
aucune nourriture; mais enfin, domptés
par la nécessité, tentés d'ailleurs par le
grain que je leur donnois en abondance,
ils ne se souvinrent plus de leur premier
état, et mangèrent. Alors j'osai me flatter
que je pourrois vivre; la diminution de ma
poudre cessa de m'inquiéter, et je me promis d'avoir incessamment autour de mon château un troupeau de boucs à ma disposition.
Pour y réussir plus sûrement, je crus devoir choisir un espace de terrain, l'environ-
ner d'une haie, et renfermer mes chevreaux
dans son enceinte, afin qu'ils ne pussent ni
m'échapper, ni redevenir sauvages en se mê-
lant avec leurs premiers compagnons. Je me
mis aussitôt à chercher une pièce de terre qui
réunit à la fois de l'eau, des pâturages, et
assez d'ombre pour que mon bétail pût y
être à l'abri des chaleurs excessives du soleil.

Dans l'espace de dix-huit mois, je me vis
riche de douze animaux, tant boucs que
chevreaux et chèvres; et deux ans après

ils s'étoient si fort multipliés, que j'en eus
quarante-trois, sans compter ceux que j'a-
vois tués pour mon usage.

Il y avoit long-temps déjà qu'elles étoient
apprivoisées, sans que j'eusse songé le moins
du monde à profiter de leur lait. Enfin,
l'idée m'en vint un matin, et j'en fus si en-
thousiasmé, que, sans balancer, je me mis
le jour même à faire une laiterie.

Dans tout le cours de ma vie, quoique
j'eusse vu bien des choses, je n'avois rien vu
qui pût me disposer au nouveau métier auquel m'obligeoit le lait que je tirois de mes
chèvres ; mais la nécessité, qui est une mai-
tresse excellente, et qui étoit toujours la
mienne, m'apprit non-seulement à le traire,
mais encore à en composer du beurre, que
j'employois avec succès dans mes sauces,
et des fromages qui, dans la suite, à la fin
de chacun de mes repas, firent toujours la
principale pièce de mon dessert.

CHAPITRE VII.

Robinson à son dîner. — Il va revoir son
canot. — Il voit la marque d'un pied.
— Il veut se cacher. — Il voit les débris
d'un repas de Sauvages. — Il veut sau-
ver les victimes des Sauvages.

QUELQUE farouches que l'on nous peigne
les Stoïciens, il n'y en a pas un qui ne se

R o b i n s o n à son dîner.

fût permis de rire en me voyant à table avec toute ma famille. Seigneur et roi de mon île entière, maître absolu de tous mes sujets, j'avois leur vie et leur mort en ma puissance ; je pouvois les pendre, si telle étoit ma volonté, mais il n'y avoit pas un rebelle dans mes états.

Tous les jours je dinois à mon grand couvert, et à la vue de toute ma cour. Mon perroquet, comme s'il eût été mon favori, m'adressoit quelquefois la parole ; mon chien, devenu vieux, étoit toujours assis à ma droite, et mes deux chats tranquillement à ma gauche.

Après mon dîner, quand je sortois, si quelque malheureux, jeté dans mon désert par la tempête, m'eût rencontré tout-à-coup au détour d'un buisson, dans l'équipage où j'étois alors, ou il seroit mort de peur, ou il auroit étouffé de rire. Qu'on se forme une idée de ma figure sur le tableau raccourci que j'en vais donner.

D'abord, mon chapeau étoit d'une hauteur effroyable, et sans aucune espèce de forme ; fait de peau de chèvre, j'y avois attaché par derrière la moitié d'une peau de bouc, qui, me descendant jusque sur les épaules, me garantissoit tout le cou des chaleurs du soleil, et empêchoit la pluie de pénétrer sous mes habits.

J'avois une espèce de robe courte, de
même étoffe que mon chapeau; elle me
couvroit tout le corps jusqu'aux genoux. Mes
culottes étoient ouvertes; composées de la
peau d'un vieux bouc dont le poil étoit si long
qu'il me venoit jusqu'au milieu de la jambe.
Du reste, quoique je n'eusse ni bas ni sou-
liers, je m'étois pourtant appliqué sur la peau
une paire de je ne sais quoi; qui ne ressembloit point trop mal à des bottines.

Mon ceinturon étoit de la même étoffe et
du même faiseur que tout le reste; au lieu
d'une épée et d'un sabre, c'étoit une scie d'un
côté, et de l'autre une hache qui y étoient
attachées: j'en avois encore un autre, mais
qui n'étoit pas de l'énorme largeur du premier; il me descendoit en bandoulière, du
cou sous le bras gauche, et à l'extrémité pen-
doient deux poches, l'une destinée pour ma
poudre, et l'autre pour ma dragée. Sur mon
dos je portois une corbeille, sur mes épaules
un fusil, sur ma tête un parasol, qui après mon
fusil, étoit mon meuble le plus agréable et
le plus nécessaire: ajoutez à cet accoutrement
bisarre des moustaches monstrueuses, le tout
pour mon plaisir, car j'avois une provision
de rasoirs avec lesquels je coupois ordinairement le reste de ma barbe; mais il me plai-
soit d'avoir des moustaches, et j'en avois; il
n'y avoit là personne pour me contredire.

Il me fâchoit très-fort de voir mon canot inutile ; j'allai faire un tour de ce côté-la, pour me procurer au moins le plaisir de sa vue.

J'étois possesseur de deux plantations, l'une étoit ma forteresse, entourée de sa palissade et creusée dans le roc. Je m'y étois habilement ménagé plusieurs chambres ; dans la plus vaste et la moins humide de toutes, étoient, outre mes grands vases de terre, quatorze ou quinze corbeilles, dont chacune contenoit cinq ou six boisseaux environ ; ces corbeilles étoient mes greniers ; j'y mettois toutes mes provisions, et sur-tout mes grains, les uns encore dans leurs épis, et les autres tous nus.

Tout auprès, mais dans un lieu moins élevé, j'avois comme une petite terre où je semois mes grains tous les ans ; elle me fournissoit une récolte abondante.

Outre cette possession, située au bord de la mer, j'en avois encore une autre que j'appelois ma maison de campagne : je m'y étois arrangé un petit berceau que j'émondois assez souvent, pour qu'il eût toujours un air très-propre. Au milieu de ce circuit étoit placée ma tente, composée sans plus d'apprêts, d'une simple voile étendue sur des perches. Sous ce toit martial étoit dressé un lit de repos ; c'étoit une couche dont je n'étois redevable qu'à la peau des bêtes que j'avois tuées, et dont un épais et gros surtout, ainsi qu'une couverture que j'avois sauvée du naufrage, composoient tout l'ornement. Voilà qu'elle étoit la maison de campagne où je me retirois, lorsque mes affaires ne me retenoient point dans ma capitale.

Mes vignes étoient aussi dans ces quartiers; j'en tirois les provisions de raisins pour tout mon hiver; outre qu'ils étoient mes mets les plus délicieux, ils me servoient encore de nourriture, et me tenoient lieu de rafraîchissement quand j'étois trop échauffé, et de médecine lorsque ma santé se dérangeoit.

J'étois accoutumé à vivre seul; je ne pensois plus aux hommes, et j'avois comme oublié qu'il en existât. Un jour, en m'acheminant vers ma maison de campagne, je vis très-distinctement en route les marques d'un pied nu d'homme sur le sable. Je ne me rappelle aucune circonstance de ma vie solitaire où j'aie éprouvé une aussi grande frayeur. Je m'arrêtai tout court, et aussi immobile que si j'eusse été frappé de la foudre; je prêtai l'oreille, je regardai tout autour de moi, je ne vis rien, je n'entendis rien; je montai sur une petite éminence pour mieux étendre ma vue, j'en descendis, j'allai au rivage, et je n'apperçus rien. Je voulois retourner à mon pied, et je n'en
avois

avois pas le courage ; il me sembloit, quoique l'indice fatal fût au milieu d'une plaine,
que c'étoit là que le danger m'attendoit. Je
fis cependant un effort, et j'y courus dans
l'espérance que ma crainte n'étoit peut-être
qu'une imagination mal fondée ; mais je revis toutes les marques que j'avois déjà vues,
des orteils, des doigts, un talon, enfin tout
ce qui peut prouver un pied d'homme. Je
ne savois que conjecturer ; il me vint dans
l'esprit une foule de pensées effrayantes,
et je m'enfuis vers ma fortification, tout
troublé et regardant derrière moi à chaque
pas. Je prenois pour autant d'hommes ar-
més tous les buissons que je retrouvois peut-
être pour la millième fois sur ma route. Je
ne pus dormir de toute la nuit.

Autrefois ce n'étoit qu'avec l'affliction la
plus vive que je me voyois entouré de
l'Océan, condamné à la solitude et banni de
la société humaine ; la vue seule d'un homme
m'eût donné comme un nouvel être. Ac-
tuellement, au contraire, je tremblois à la
pensée de mon semblable ; l'ombre d'une
créature humaine, la seule marque de son
pied, me causoit les plus mortelles frayeurs.

Parmi ce flux et ce reflux continuel d'inquiétudes, dont j'étois la proie, je me mis
un jour dans l'esprit que le sujet de ma
crainte n'étoit peut-être qu'une chimère, et

D

que le vestige qui m'avoit tant effrayé, pourroit bien n'être autre chose que la marque de mon propre pied. Peut-être, me dis-je, j'aurai pris le même chemin pour aller de ma chaloupe chez moi, et pour retourner de chez moi à ma chaloupe ; les traces de mes pas m'auront épouvanté.

Après deux ou trois voyages dans ces transes affreuses, je me répétai si souvent que j'avois été sûrement la dupe de mon imagination, que je devins un peu plus hardi. Cependant, je ne pouvois être pleinement convaincu qu'après avoir mesuré le vestige, auteur de mes inquiétudes : je me rendis donc sur les lieux ; mais je vis très-clairement que le fatal vestige étoit beaucoup plus grand que mon pied. A cette vue mes agitations se renouvelèrent ; un frisson me saisit comme si j'avois eu la fièvre. Je courus me réfugier chez moi, persuadé que des hommes étoient descendus dans mon île, ou qu'elle étoit même habitée, et que je courois risque d'y être attaqué quelque jour à l'improviste.

La fatigue de mon ame, et l'abattement de mon esprit, étoient extrêmes ; ils me procurèrent un sommeil très-profond.

A mon réveil, je me trouvai beaucoup plus calme, et je commençai à raisonner sur mon état avec plus de sang-froid. Après un long plaidoyer avec moi-même, je conclus enfin que les Sauvages venoient quelquefois dans mon île, ou de propos délibéré, ou poussés par les vents contraires ; et qu'ils ne manquoient point de se rembarquer aussitôt qu'ils le pouvoient, puisqu'aucun d'eux, jusqu'ici, n'avoit jugé à propos de s'y établir. Donc je n'avois à craindre que des descentes accidentelles, contre lesquelles la prudence vouloit que je cherchasse une retraite sûre.

Je me reprochai alors d'avoir percé si avant ma caverne ; et, pour me mettre l'esprit en repos de ce côté-là, je résolus de me faire un second retranchement, à quelque distance de mon rempart, dans le même lieu précisément où j'avois planté, deux ans auparavant, une double rangée d'arbres.

Je me trouvai, par ce moyen, retranché dans deux remparts. Celui de dehors étoit rembarré de pièces de bois, de vieux câbles, et de tout ce que j'avois trouvé sous ma main de plus solide et de plus propre à le renforcer. Je le rendis épais de plus de dix pieds, à force d'y apporter de la terre, et de marcher dessus du soir au matin, pour lui donner de la consistance ; j'y ménageai d'ailleurs cinq ouvertures assez larges pour que je pusse y passer le bras, et dans lesquelles je mis les cinq mousquets que j'avois tirés du vaisseau ; ils étoient placés, en guise de canons, sur

D 2

des affûts; ensorte qu'en deux minutes je pouvois, dans un besoin, faire feu de toute mon artillerie.

C'est ainsi que je prenois pour ma conservation tous les moyens que pouvoit m'inspirer la prudence humaine.

La seule marque d'un pied d'homme me coûta tous ces travaux, et des transes mortelles qui empoisonnoient depuis deux ans le peu de douceurs que j'aurois pu goûter dans mon île, lorsqu'un jour, en m'avançant un peu plus que je n'avois encore fait vers la pointe occidentale de l'île, je crus entrevoir d'une hauteur où j'étois, une chaloupe bien avant dans la mer.

Je descendis de ma colline, et, portant avidement partout mes regards, je ne tardai pas à me convaincre qu'il étoit très-ordinaire aux canots du continent d'y venir chercher une rade, quand ils se trouvoient trop avant dans la haute mer. J'appris encore que, quand les Sauvages s'étoient battus entr'eux, les vainqueurs emmenoient leurs prisonniers sur mon rivage, afin de les y tuer et de s'en régaler plus à leur aise.

Un spectacle dont je fus témoin, m'instruisit de cette horrible particularité. Je vis la terre parsemée de crânes, de pieds, de mains et d'autres ossemens d'homme; près de là je vis les restes d'un feu, et un banc creusé

dans la terre , en forme de cercle , où sans
doute ces abominables Sauvages s'étoient placés pour faire leur affreux festin. Je détour-
nai les yeux de ce lieu d'horreur. Je sentis des
pensées cruelles , je tombai en foiblesse , et je
ne me traînai qu'avec effort dans ma demeure.

Cependant l'horreur que m'avoit inspirée
leur brutale coutume , me jeta dans une mé-
lancolie profonde, qui me tint pendant deux
années entières renfermé dans mes propres
domaines.

J'avois toujours l'œil au guet, et je n'o-
sois plus tirer , dans la crainte d'exciter la
curiosité des sauvages, si par hasard il s'en
trouvoit alors dans l'île. C'étoit, par conséquent , un très-grand bonheur pour moi de
m'être pourvu d'un troupeau de chèvres,
et de n'être plus forcé d'aller à la chasse.

Dans les circonstances malheureuses où
je me trouvois, je ne songeois plus nuit
et jour qu'à détruire quelques-uns de ces
monstres au milieu de leurs divertissemens
sanguinaires, et de sauver , s'il étoit possible , leurs déplorables victimes.

D'après cette idée, je cherchai pendant
plusieurs jours un endroit propre à l'exécuter. A la fin, je trouvai dans un des flancs
de la colline , un lieu où je pouvois attendre
en sûreté l'arrivée de leur barque , et d'où,
tandis qu'ils descendroient à terre, je pourrois

D 5

me glisser, sans être apperçu, dans le plus
épais du bois. D'un autre côté, j'avois découvert un arbre creux, capable de me cacher des pieds à la tête; de là je pouvois épier
toutes leurs actions, et les coucher en joue
tout à mon aise, dans le moment qu'occupés à manger, ils seroient si serrés les uns
contre les autres, que du premier coup il
me seroit presqu'impossible de n'en pas
mettre trois ou quatre hors de combat.

Résolu d'exécuter tout de bon mon entreprise, je chargeai mon fusil de chasse de
la plus grosse dragée, mes deux mousquets
de feraille, mes pistolets de quatre balles
chacun; et dans cette posture, fourni de
munitions pour une seconde et une troisième
décharge, je me préparai au combat. Je de-
meurai plus de deux mois en sentinelle sans
faire la moindre découverte; à la fin, la fatigue et l'ennui me firent abandonner mon
poste.

CHAPITRE VIII.

Robinson trouve une Caverne. — Des
Sauvages débarquent dans l'île. — Ro-
binson voit un vaisseau qui fait naufrage.
— Il se prêche. — Il sauve la vie à
un Esclave. — Il instruit Vendredi.

MES inquiétudes, en ajoutant aux dangers, m'avoient fait perdre de vue le soin

de toutes mes commodités. Je songeois plutôt à vivre, qu'à vivre agréablement. La
crainte de me déceler m'empêchoit de placer un clou, d'affermir un morceau de bois.
Beaucoup moins avois-je le cœur de tirer un
coup de fusil, quelqu'occasion qui s'en pré-
sentât. J'avois transporté ma cheminée dans
un nouvel appartement, au milieu du bois,
où, après plusieurs allées et venues, j'avois
trouvé, avec tout le ravissement imaginable, une cave naturelle et d'une étendue
prodigieuse.

L'entrée de cette caverne étoit derrière un
rocher énorme ; et ce fut par le plus grand
hasard du monde que je la découvris. Je
coupois quelques grosses branches d'arbres
que je voulois brûler, pour en conserver le
charbon ; moyen que je venois d'imaginer,
pour éviter de faire de la fumée, en cuisant
mon pain, et en préparant mes autres mets.
Je ne l'eus pas plutôt apperçue, que ma
curiosité me porta à y pénétrer. D'abord,
je ne pouvois m'avancer que courbé et avec
peine ; un peu plus loin, la voûte étoit plus
élevée, et je me tenois debout. L'antre étoit
assez vaste, mais sans figure régulière : la
nature l'avoit taillé sans le secours de l'art.

Enchanté de ma découverte, je transportai dans mon nouvel asile tout ce dont la
conservation m'inquiétoit le plus, sur-tout

mes munitions et mes armes de réserve.
J'y portai aussi tout le plomb que j'avois
encore, et je ne gardai dans mon château
que ce qui m'étoit nécessaire pour le dé-
fendre, en cas de surprise.

Il y avoit vingt-trois ans révolus que je
vivois dans mon île. Sans la crainte des Sauvages, je n'aurois rien demandé de mieux
que d'y passer le reste de mes jours. Je
m'étois même ménagé quelques passe-temps
fort agréables. J'ai déjà dit que j'avois appris
à parler à mon perroquet; sa conversation,
qui tous les jours s'enrichissoit de quelques
mots nouveaux, fut pour moi d'un très-
grand agrément.

Mon chien me tint aussi très-fidèlement
compagnie pendant les seize années qu'il
vécut. Quant à mes chats, je n'en conser-
vai que trois favoris. Le reste de mon domestique consistoit en deux chevreaux,
dont le talent étoit de venir, au moindre
signe, prendre leur repas dans ma main,
et en deux autres perroquets qui ne laissoient
pas que de jaser assez bien, et qui sur-tout
prononçoient mon nom distinctement. J'é-
tois content, en un mot, et de mon sort,
et des petites douceurs dont il étoit accom-
pagné, pourvu que les Sauvages ne vins-
sent pas troubler ma tranquillité.

J'étois, au mois de décembre, dans le

plus fort de ma moisson, quand, sortant un
jour un peu avant le lever du soleil, je vis sur
le rivage une lumière à une demi-lieue environ, et je remarquai avec la dernière douleur qu'elle étoit du côté de mon habitation.

Je courus donc me réfugier dans mon
château, et tirant mon échelle après moi,
je chargeai mes pistolets, et disposai toute
l'artillerie que j'avois placée dans mon
nouveau retranchement. Il y avoit deux
heures que j'attendois l'ennemi, impatient de
savoir ce qui se passoit au dehors; je montai sur le haut de mon rocher, et m'y traî-
nant ventre à terre, je braquai ma lunette,
celle que j'avois emportée du vaisseau.

Je vis neuf Sauvages assis en rond autour
d'un grand feu. Leur projet sans doute étoit
de préparer quelques mets de chair humaine qu'ils avoient apportée avec eux. Ils
étoient venus avec deux canots qu'ils avoient
tirés sur le rivage; et comme c'étoit alors
le temps du flux, ils paroissoient attendre
le reflux pour s'en retourner. En effet, dès
que la marée put les ramener, ils se je-
tèrent dans leurs barques, et firent force
de rames.

Aussitôt que je les vis embarqués, je sortis avec deux fusils sur mes épaules, deux
pistolets à ma ceinture, et mon large sabre
à mon côté. Je gagnai la colline d'où

j'avois vu pour la première fois les marques
des festins horribles de ces cannibales. Descendu sur le rivage, je vis les restes san-
glans de leur abominable repas, et j'en
conçus tant d'indignation, que je me promis, pour la seconde fois, de tomber sur la
première troupe que je découvrirois,
quelque nombreuse qu'elle pût être.

Mes alarmes continuèrent jusqu'à la moitié du mois de mai, où un évènement d'une
autre nature vint tout-à-coup les suspendre.
Il s'éleva une tempête horrible accompagnée
de tonnerres et d'éclairs; la nuit fut épouvantable; et jamais, je crois, les vents ne
s'étoient déchaînés avec tant de force. Tandis que je faisois là-dessus de sérieuses réflexions, j'entendis comme le bruit d'un coup
de canon tiré en mer. Cette surprise fut bien
différente de toutes celles que j'avois éprou-
vées jusqu'alors. Je me lève avec empressement, je place mes échelles à la hâte, et je
monte au haut de mon rocher. J'y fus à peine
qu'une lumière me prépare à un second coup
de canon, qui, une demi-minute après, vient
frapper mes oreilles. Autant que je pus m'o-
rienter, le son partoit du même côté de la
mer où j'avois été emporté par les courans.
Je jugeai d'abord que c'étoit quelque vaisseau en péril qui demandoit du secours. J'é-
tois incapable de lui en procurer; mais en

supposant qu'il échappât, il pouvoit m'en
donner à moi-même. En conséquence, je ramassai tout ce je pus trouver de bois sec autour de moi, et j'y mis le feu dans l'endroit
le plus élevé de la colline; quoique le vent
fût très-violent, il ne laissa pas que de s'en-
flammer, et sans doute il fut apperçu par
ceux du vaisseau; car à peine il étoit dans
toute sa force, que j'entendis un troisième
coup de canon, qui fut même suivi de plusieurs autres. J'entretins mon feu toute la
nuit : quand il fut jour, et que l'air se fut
éclairci, je vis quelque chose à une grande
distance de moi, mais sans distinguer ce que
ce pouvoit être, même avec mes lunettes.

Las de fixer constamment le même objet
sans le reconnoître, et remarquant toutefois
qu'il demeuroit toujours dans la même place,
j'en conjecturai que ce devoit être un vaisseau à l'ancre. Pour être plus sûr de mon
fait, je pris un de mes fusils, et je courus
vers mes rochers. Je vis, à mon grand regret, le corps d'un vaisseau qui s'étoit brisé
pendant la nuit contre ces mêmes écueils
cachés sous l'eau, et qui, faisant une espèce
de contre-marée, m'avoient délivré du plus
gand péril que j'eusse couru de ma vie.

L'orage étoit dissipé, la mer s'étoit cal-
mée, et je desirois violemment de me rendre au vaisseau, moins pour tirer parti de

sa dépouille , que pour voir s'il n'y étoit pas
demeuré quelque créature vivante. En
même-temps que j'aurois sauvé la vie à un
malheureux, j'aurois rendu la mienne propre infiniment plus agréable.

Mon petit bâtiment avitaillé , je levai les
yeux au ciel , en rasant toujours le rivage ;
je parvins heureusement jusqu'au vaisseau.

De quel pitoyable spectacle je fus témoin !
Le navire , que je pris pour un navire espagnol à sa structure , étoit comme cloué entre
deux rocs. J'allois aborder , un chien parut
sur le tillac ; dès qu'il me vit, il aboya de toute
sa force : je l'appelai , il sauta dans la mer , et
je l'aidai à monter dans ma barque. Il mou-
roit de faim et de soif ; il engloutit en un clin-
d'œil un morceau de pain énorme. Un loup
qui auroit langui quinze jours dans la neige ,
auroit mangé avec moins de voracité. Je
cherchai partout , et dans tous les coins
où l'eau n'avoit point pénétré encore , je
ne trouvai rien de vivant. Le chien seul
avoit survécu.

Dans l'impossibilité d'être utile à personne, je ne songeai plus qu'à moi-même. Je vis
quelques tonneaux remplis , selon toutes les
apparences , de vin ou d'eau-de-vie ; mais
comme je n'en aurois pas remué un en mille
ans , je les laissai. J'apperçus un autre petit
tonneau encore , contenant environ vingt
pots ,

pots, je m'en accommodai. Je découvris plusieurs coffres, j'en mis deux dans ma chaloupe. J'entrevis un cornet à poudre, et je m'en saisis. Il y avoit aussi plusieurs fusils, mais je n'en avois pas besoin. Je m'appropriai encore une pelle à feu, des pincettes, deux chaudrons, un gril et une chocolatière, tous meubles qui me firent beaucoup d'honneur, sur-tout les deux premiers. La marée, qui devoit me ramener chez moi, sembloit attendre que j'eusse achevé de faire toutes mes provisions; elle commença dès qu'elles furent finies. Je mis à la voile, le chien me suivit, et le même soir j'arrivai au pied de mon île.

Après avoir mis toutes mes acquisitions en lieu sûr, et ramené ma barque dans sa rade ordinaire, je retournai chez moi, où je continuai de vivre à ma manière accoutumée, m'appliquant de tout mon pouvoir à mes affaires domestiques. Pendant quelque temps je jouis d'un assez grand repos, excepté que j'étois toujours sur le qui-vive, sortant rarement, et frisonnant à chaque pas, à moins que je ne tournasse du côté de l'ouest, où j'étois sûr que les Sauvages ne venoient jamais; ce qui me mettoit un peu plus à mon aise, en me déchargeant de cet énorme fardeau d'armes dont j'étois toujours accablé dans mes autres routes.

J'aurois vécu passablement heureux, si

E

mon esprit ne se fût rempli de mille projets
extravagans. Je ne songeois plus qu'à me
sauver de mon île : et si j'avois eu encore en
ma possession la chaloupe avec laquelle j'a-
vois quitté Salé , je crois fermement que je
me serois remis en mer , à tout hasard.

J'étois dans la vingt-quatrième année de
ma vie solitaire. Pendant une nuit du mois
de mars , après mille idées , toutes plus ex-
travagantes les unes que les autres , mon
imagination se fixa à la fin sur les évenemens
qui avoient signalé ma vie avant que je fusse
abordé dans mon île. De là passant aux aven-
tures qui m'étoient arrivées dans mon île
même , je fis l'affligeante comparaison des
premières années de mon exil , où je n'avois
eu qu'à pourvoir à mes besoins , sans rien
appréhender pour ma vie , avec celles que
j'avois passées dans des craintes , des inquié-
tude set des précautions continuelles , depuis
le moment fatal où j'avois vu le pied d'un
homme imprimé sur le sable.

Depuis que j'avois perdu l'espérance , en
me rendant à bord du vaisseau qui venoit
de faire naufrage, que j'y trouverois quelqu'homme vivant qui pourroit m'apprendre
où étoit située mon île , et m'enseigner en
même-temps par quels moyens je pouvois
m'en tirer , il n'étoit plus en mon pouvoir de
détourner mon esprit du projet insensé de

mon voyage. Mes désirs étoient si impé-
tueux, que toute ma raison n'étoit plus capable d'y résister.

Un matin je découvris jusqu'à six canots,
dont les Sauvages étoient déjà à terre, et hors
de la portée de ma vue. Je savois qu'ils venoient d'ordinaire au nombre de cinq ou six
dans chaque barque; par conséquent leur
nombre rompoit toutes mes mesures. Cependant, après quelques momens d'irrésolution,
je me préparai à combattre. D'abord, j'é-
coutai si je n'entendois point quelque bruit
autour de moi. Laissant ensuite mes deux fusils au pied de mon échelle, je montai sur
mon rocher. Quoique j'eusse repris tout mon
courage, j'eus pourtant la précaution de
me placer au haut de ma montagne, de manière que ma tête n'en passoit point le sommet : de là j'apperçus, par le moyen de mes
lunettes, qu'ils étoient trente tout au moins.

Je les vis tirer d'une de leurs barques deux
misérables qu'ils se disposoient à mettre
en pièces. Un des deux tomba bientôt à
terre, assommé, autant que je pus voir,
d'un coup de massue, ou décollé avec le
tranchant d'un sabre de bois. L'autre victime étoit là auprès, attendant que ce fût
son tour à être immolé. Au moment qu'on
l'alloit saisir, ce malheureux fit un effort:
il se trouva apparemment un peu plus li-

bre, et la nature lui inspirant quelque espérance de sauver ses jours, il se prit à
courir avec toute la vîtesse imaginable. Il
venoit directement du côté du rivage qui
conduisoit à mon habitation.

Entre mon château et lui, le rivage étoit
coupé par une petite baie, où il devoit être
nécessairement pris, à moins que de la passer
à la nage. Mais il ne balança pas un instant;
et quoique la marée fût haute, il se jeta dans
la baie à corps perdu, gagna l'autre bord
dans une trentaine d'élans tout au plus, et se
remit à courir avec plus de force et de rapidité que jamais. Ses trois ennemis arrivèrent;
mais il n'y en eut que deux auxquels il plut de
nager. Le troisième s'arrêta quelque temps
sur le bord, puis s'en retourna à petit pas
vers le lieu du festin, tandis que les deux
autres mettoient à passer la baie le double du
temps qu'y avoit employé leur prisonnier.

Je crus alors que l'occasion ne pouvoit être
plus favorable, et qu'il ne tenoit qu'à moi de
me procurer un compagnon, et de m'acqué-
rir un domestique, en arrachant un malheureux à la mort. Dans cette persuasion, je des-
cends précipitamment de mon rocher, je
prends mes fusils; je remonte avec la même
ardeur, et je m'avance vers la mer. Je n'avois
pas un chemin considérable à faire, et bientôt
je fus en état de me jeter entre les deux pour-

suivans et le poursuivi. Je tâchois, par mes cris et par mes gestes, de faire entendre à ce dernier qu'il pouvoit s'arrêter; mais je crois qu'au commencement il me craignoit autant, pour le moins, que ceux auquels il tâchoit de se soustraire. Cependant, je m'avançois sur eux à pas lents; et me jetant brusquement ensuite sur le premier, je l'assommai d'un coup de crosse. J'aimai mieux m'en défaire ainsi, que de tirer sur lui; j'avois peur que les autres ne m'entendissent, quoiqu'à une grande distance.

Quand le second vit tomber son camarade, il s'arrêta tout court, comme un homme épouvanté. Je continuai à marcher droit à sa rencontre; mais en l'approchant de plus près, je vis qu'il étoit armé d'un arc, et qu'avec l'air de ne songer à rien, il y mettoit la flèche. Le choix des moyens ne m'étoit plus alors permis; je prévins mon homme, et je l'étendis à terre, roide mort, du premier coup.

Quant au malheureux auquel j'avois fait signe de ne plus fuir; consterné du bruit et du feu qui venoit de le frapper, il demeura comme immobile: cependant, je remarquois dans son air égaré plus d'envie de s'éloigner encore que de m'approcher. Je lui fis signe de nouveau de venir à moi; il fit quelques pas, puis il s'arrêta. Il imaginoit sans doute qu'il étoit devenu prisonnier une seconde

E 3

fois, et que sa vie n'alloit pas être plus mé-
nagée que celle de ses deux bourreaux. Enfin, après lui avoir fait entendre, pour la
troisième fois, qu'il pouvoit m'approcher
sans rien craindre, et avoir mis dans mes
gestes tout ce que je croyois de plus propre à
animer sa confiance, il se hasarda à me croire; mais il se jetoit à genoux à chaque dix
ou douze pas : et cependant, je lui souriois
aussi gracieusement qu'il m'étoit possible.

Arrivé auprès de moi, il se prosterna, il
baisa la terre, et prit un de mes pieds qu'il po-
sa sur sa tête. Sans doute il vouloit me faire
comprendre, par ces actes de soumission, qu'il
juroit de m'être toujours fidèle, et qu'il me
rendoit hommage en qualité de mon esclave.

Tandis que je le relevois, en lui faisant
mille caresses pour l'encourager de plus en
plus, je vis que le premier Sauvage que j'a-
vois fait tomber d'un coup de crosse, au lieu
d'être mort, n'avoit été qu'étourdi. Je lui fis
remarquer, et là-dessus, il prononça quelques mots que je ne compris point, mais que
je fus charmé d'entendre : c'étoit le premier
son de voix humaine qui, dans l'espace de
vingt-cinq années, avoit frappé mes oreilles.

Cependant, mon Sauvage avoit repris
assez de forces pour se mettre sur son séant,
et la frayeur recommençoit à paroître dans
l'air de mon esclave. Mais aussitôt qu'il me

vit prêt à lâcher mon second fusil sur ce
malheureux, il regarda mon sabre, et me
fit entendre par signes qu'il souhaitoit que
je le lui donnasse. A peine il s'en fut empa
ré, qu'il se jeta sur son ennemi, auquel il
trancha la tête d'un seul coup, aussi vite et
aussi adroitement que l'auroit pu faire le
plus habile bourreau d'Allemagne.

Après cette expédition, mon esclave revint à moi, sautant de joie et riant aux
éclats pour célébrer son triomphe. Il me fit encore mille gestes dont j'ignorois le sens; et il
finit par mettre mon sabre et la tête du Sauvage à mes pieds. Je lui fis signe de me suivre,
en lui donnant à entendre que j'avois peur
que les deux Sauvages morts ne nous ame-
nassent bientôt sur les bras toute la troupe.

Il me fit signe alors que, pour éviter
qu'ils nous découvrissent, il alloit les enter-
rer; je le lui permis bien volontiers. Dans un
instant il eut creusé deux trous dans le sable,
où il les enfouit l'un après l'autre. Je l'em-
menai ensuite, non dans mon château, mais
dans la grotte que j'avois plus avant dans l'île.
Je lui donnai un morceau de pain, une
grappe de raisins secs, et une bouteille
d'eau, dont il avoit sur-tout un très-grand
besoin, altéré comme il étoit par la fatigue
d'une si longue et si rude course. Son repas expédié, je lui fis signe d'aller dormir,

E 4

en lui montrant un tas de paille de riz, et une couverture qui me servoit assez souvent de lit à moi-même.

C'étoit un grand garçon bien découplé : il avoit vingt-cinq ans à-peu-près, et il étoit pris on ne peut mieux dans sa taille.

Dès que je pus lui parler, et qu'il fut en état de me répondre, ce qui ne tarda pas long-temps, car il avoit pour tout une aptitude et une facilité singulière, je lui appris d'abord qu'il s'appelleroit *Vendredi*, nom que je lui donnai en mémoire du jour où il étoit tombé en mon pouvoir. Je lui enseignai encore à m'appeler *mon maître*, et à me dire à propos *oui* et *non*. Je le menai avec moi au haut de la colline, pour voir de là si nous n'avions plus rien à craindre de nos ennemis. Je ne découvris, par le moyen de mes lunettes, que la place où ils avoient été, sans appercevoir d'ailleurs ni eux, ni leurs bâtimens, marque certaine qu'ils s'étoient rembarqués. Cette découverte ne me satisfit cependant pas. Me trouvant plus de courage, et par conséquent plus de curiosité, je pris mon esclave avec moi, je lui donnai un de mes mousquets ; j'en gardai deux moi-même, et armé d'ailleurs de mon épée, avec l'arc et les flèches sur le dos, je m'avançai vers le lieu du festin. L'horreur du spectacle glaça mon sang dans mes veines. Vendredi

me fit entendre qu'ils avoient amené avec
eux quatre prisonniers, dont trois étoient
mangés, lui-même étant le quatrième.

Nous retournâmes de là dans mon château, où je me mis à travailler à ses habits.
Je lui donnai d'abord une paire de culottes
de toiles que j'avois trouvé dans le coffre
d'un des matelots, et qui, changées un peu,
lui alloit passablement bien. J'y ajoutai une
veste de peau de chèvre; et comme j'étois
devenu tailleur dans les formes, je lui fis encore un bonnet de la peau d'un lièvre, dont
la façon n'étoit pas trop mauvaise. Il étoit
ravi de se voir presqu'aussi brave que son
maître. Son air grotesque, et ses manières
gênées dans ses habillemens, auxquels il
n'étoit point accoutumé, me réjouirent beaucoup les premiers jours. Ses culottes entr'autres l'incommodoient fort, et les man-
ches de sa veste lui faisoient mal aux épaules et sous les bras. Mais tout cela étant un
peu élargi dans les endroits nécessaires, lui
devint au bout de quelque temps aussi familier qu'à moi-même.

Il s'agissoit maintenant de loger mon domestique ; mais encore falloit-il que je m'y
prisse de manière à n'avoir rien à craindre
pour moi. Je ne le connoissois point assez
pour me fier à lui ; et il étoit d'un pays
qui me donnoit le droit d'appréhender qu'il

E 5

ne fût assez méchant pour attenter quelque
jour sur ma vie. Après une mûre délibé-
ration, je ne trouvai point d'expédient plus
sûr que de lui bâtir une espèce de hutte
entre mes deux retranchemens. Toutes mes
mesures étoient si bien combinées, qu'il ne
pouvoit venir chez moi malgré moi, et tous
les soirs j'emportois exactement de chez lui
tout ce que j'avois pu laisser d'armes offen-
sives pendant le jour.

Heureusement, toute cette prudence n'é-
toit nullement nécessaire. Jamais homme
n'eut un valet plus fidèle ni plus rempli de can-
deur et d'amour pour son maître. Il s'attachoit
à moi avec une tendresse vraiment filiale.

J'étois chaque jour plus content et plus
enchanté de lui. Je me faisois une affaire
importante de l'instruire, et sur-tout de lui
apprendre à parler. C'étoit le meilleur et le
plus docile écolier du monde. Quand il pouvoit m'entendre, ou faire en sorte que je
l'entendisse, il étoit si gai, et sa gaieté si vraie,
si naïve, qu'il me faisoit trouver un plaisir
piquant dans nos conversations. Mes jours
s'écouloient alors dans une douce tranquillité, tous mes vœux étoient remplis, il ne
manquoit plus rien à mon cœur; et pourvu
que les Sauvages me laissassent en paix, j'é-
tois content de finir ma vie dans mon île,
entre les bras de mon fidèle esclave.

Je lui montrai comment je m'y prenois moi-même pour battre et pour vanner mon blé ; en deux leçons, il devint en cette partie aussi habile et plus habile que moi. Il apprit à faire du pain avec la même facilité. En un mot, en peu de jours d'apprentissage, il fut en état de m'aider et de me servir de toutes les manières.

Cette année est la plus agréable que j'aie passée dans mon île. Vendredi commençoit à parler fort joliment ; il savoit déjà le nom des choses dont j'avois besoin, et celui des lieux où j'avois à l'envoyer. Ma langue m'avoit été vingt-cinq ans inutile, au moins par rapport au discours, et Vendredi m'en rendoit l'usage.

CHAPITRE IX.

Religion de Vendredi. — Vendredi fait un nouveau canot. — De nouveaux canots arrivent. — Vendredi reconnoît son père. — Robinson veut joindre les Européens. — L'Espagnol s'embarque pour le continent.

Mon esclave m'occupoit : et comme, à l'aide de quelques signes, il en savoit à-peu-près assez pour m'entendre et pour me répondre ; je lui demandai un jour qui l'avoit fait ?

Le pauvre garçon, qui ne me comprit

E 6

pas, crut que je lui demandois qui étoit son père. Je fus donc obligé de donner un autre tour à ma question, et je lui demandai qui avoit fait la mer, la terre, les collines et les forêts?

Il me répondit que c'étoit un vieillard nommé *Bénakmukée*, qui survivoit à toutes choses, et qui étoit fort âgé, plus âgé que la mer, la lune et les étoiles.

Mais, lui demandai-je encore, puisque Bénakmukée a fait toutes choses, pourquoi toutes choses ne l'adorent-elles pas? — Il me répondit avec un air de simplicité, que toutes les créatures lui disoient: *Oh!* c'est-à-dire que toutes les créatures lui rendoient hommage. Mais, lui dis-je, où vont les gens de votre pays après leur mort? Chez *Bé-nakmukée*, me répliqua-t-il. — Et ceux que vous mangez? — Chez *Bénakmukée.*

Je fis tous mes efforts pour donner à mon Sauvage une idée juste de Dieu et de ses attributs, de la création de l'homme, des récompenses ainsi que des peines éternelles qui l'attendoient après sa mort.

Dès que Vendredi fut instruit de sa religion, je lui fis le récit, sinon de mes aventures, de mon séjour dans l'île, et de la manière dont j'y avois vécu. Ensuite je lui expliquai ce que c'étoit que la poudre, et je lui appris à tirer.

Je menai Vendredi de l'autre côté de mon
île, pour lui faire voir ma chaloupe. Je la tirai
de l'eau, sous laquelle je la conservois; je
la mis à flot, et nous y entrâmes tous deux.
Il la manioit avec tant d'adresse et de force,
qu'elle faisoit entre ses mains le double du
chemin que je lui faisois faire; mais elle
étoit trop fo ble pour entreprendre un long
voyage.

Cependant, toujours déterminé à exécuter le dessein que j'avois conçu depuis
long-temps de quitter cette île, je lui dis,
que nous allions en faire une plus grande;
et, sans différer davantage, je me mis à
chercher un grand arbre dont je pusse faire
un canot. J'en voulois un qui fût près de la
mer, afin de pouvoir l'y lancer avec moins
de peine. Mon Sauvage eut bientôt trouvé
ce que je cherchois. Quand son arbre fut
à bas, il se disposoit à le brûler en dedans;
mais, lorsque je lui eus appris la manière
de creuser le bois avec des coins de fer, il
s'y prit fort adroitement, et, après un mois
de travail, son ouvrage fut achevé. Nous
lui donnâmes en dehors, à coups de hache,
la véritable tournure d'une chaloupe, et
nous fûmes ensuite quinze jours à la mettre
à l'eau, pouce à pouce, par le moyen de
quelques rouleaux.

J'étois surpris de l'adresse de Vendredi à

la manier et à la tourner dans tous les sens,
quelque grande qu'elle fût. J'avois cependant encore un dessein que je ne lui disois
pas, c'étoit d'ajoûter à notre bâtiment un
mât, une voile, une ancre et un cable.
Pour cet effet, je choisis un jeune cèdre
fort droit que je lui fis abattre, tandis que
de mon côté, je m'occupois à rapetasser
une voile. Je passai de là à mon gouvernail,
qui, par parenthèse, me coûta seul presqu'autant que la barque.

Il s'agissoit maintenant d'apprendre la
manœuvre à mon Sauvage. Il savoit parfaitement bien faire avancer un canot à
force de rames; mais il n'entendoit rien au
maniement d'une voile et d'un gouvernail.
J'étois alors dans la vingt-septième année de
mon exil, et je remuois la terre avec le même
soin qu'auparavant; je plantois, je faisois des
enclos, je séchois ma provision de raisins;
en un mot, je me comportois comme si
j'eusse dû finir mes jours dans mon île.

La saison pluvieuse approchoit; nous
commençâmes de bonne heure par mettre
en lieu sûr le bâtiment sur lequel étoit fondée ma plus chère espérance, et nous atten-
dîmes le mois de novembre, qui étoit celui
que j'avois déterminé pour mon départ.

Un matin, tandis que je travaillois à nos
préparatifs, Vendredi s'étoit échappé un

instant pour aller chercher une tortue. Il venoit de partir : je le vois revenir à toutes jambes; il vole par-dessus mon retranchement extérieur, ses pieds ne touchioient point à terre; et sans me donner le temps de l'interroger, il s'écrie, en tombant de frayeur sur une de mes corbeilles : *O Maître, Maître! ô douleur! ô mauvais!* Qu'y a-t-il, Vendredi, lui dis-je? — *Oh! là-bas, un, deux, trois canots! Un, deux, trois!* J'avois beau vouloir le rassurer, il continuoit toujours d'être dans des transes mortelles. Le pauvre garçon se persuadoit que les Sauvages étoient revenus exprès pour le mettre en pièces et pour le dévorer. Courage! mon cher Vendredi, lui dis-je, ne suis-je pas dans un aussi grand danger que toi? et crois-tu que si les Sauvages nous surprenoient l'un et l'autre, qu'ils épargneroient plus ma chair que la tienne? Ecoute-moi, mon enfant; sais-tu te battre? *Moi tirer*, répliqua-t-il, *mais venir là, plusieurs, grand nombre!* Ce n'est pas une affaire, lui répondis-je; nos armes à feu effraieront du moins tous ceux qu'elles ne tueront pas. Ecoute : je suis résolu de hasarder ma vie pour conserver la tienne, pourvu que tu m'en promettes autant de ton côté. Vois si tu te sens en état de suivre exactement mes ordres? *Oui*, me répondit-il en se relevant, *moi mourir , quand mon maître ordonne mourir.*

Dès que nous fûmes au haut de la colline, je pris ma lunette pour voir ce qui se passoit sur le rivage. Nos ennemis étoient au nombre de vingt-un ; ils étoient venus dans trois canots, et il y avoit là trois prisonniers, avec la chair desquels ils se préparoient à célébrer le festin du triomphe.

Après avoir chargé mes armes, je les partageai entre nous deux, et nous nous mîmes en marche. Appercevant alors un arbre fort élevé, je fis signe à Vendredi d'y monter, pour mieux observer de là à quoi s'occupoient les Sauvages. Il obéit ; et presque aussitôt descendu que monté, il vint me rapporter qu'ils étoient tout près d'immoler un de ces hommes barbus qui s'étoient sauvés dans leur pays avec une chaloupe.

Cette particularité du prisonnier barbu ranima toute ma fureur. Je n'avois pas un instant à perdre. Dix-neuf de mes barbares étoient rangés autour de leur feu, attendant que les deux autres leur apportassent l'infortuné chrétien membre à membre. Déjà ces impitoyables bourreaux étoient occupés à lui délier les pieds, lorsqu'animant mon esclave du geste et de la voix : Allons, Vendredi, lui dis-je, imite-moi. Je posai aussitôt à terre un de mes fusils de chasse et un de mes mousquets, il en fit autant. Je couchai ensuite avec mon autre mousquet nos adversaires en joue, et il les coucha de même. Es-tu prêt, lui dis-je ? *Oui, maître*, me répondit-il. Et en même-temps nous fîmes feu l'un et l'autre.

J'avois appris l'art de tirer à mon second, mais il m'avoit de beaucoup surpassé; de sorte qu'en deux décharges, partie de nos ennemis furent tués et les autres blessés, qui aussitôt s'enfuirent précipitamment sans savoir de quel côté prendre la fuite, ni comment éviter un danger dont la source leur étoit inconnue. Alors nous sortîmes brusquement du bois ; et jetant un cri épouvantable, dès que nous fûmes découverts, je courus vers la pauvre victime étendue sur le sable, entre le lieu du festin et la mer ; tandis que j'envoyai Vendredi à la poursuite de ses deux bourreaux, qui, ayant pris la fuite au bruit de notre première décharge, s'étoient sauvés dans un de leurs canots, suivis de trois de leurs compagnons. Il fit feu sur eux, et les voyant tomber les uns sur les autres, je crus d'abord qu'il les avoit tués tous cinq : mais l'instant d'après, j'en revis deux sur pied.

Dans le temps que Vendredi s'acharnoit ainsi à la destruction de ses anciens compatriotes, je m'occupois à délier leur malheureux prisonnier, que je mis sur son séant, et auquel je donnai ma bouteille, en l'aidant à la porter à sa bouche. Dès qu'il eut repris ses sens, il me fit entendre qu'il étoit originaire d'Espagne, et il alloit se répandre en actions de graces; *Segnor*, lui dis-je en l'interrompant, nous en parlerons une autrefois; maintenant il faut combattre : s'il vous reste quelques forces, prenez ce pistolet et ce sabre, et faites-en bon usage. Il sembloit que ces armes lui eussent redonné toute sa vigueur; il se précipita sur ses ennemis, et dans un tour de main il en eut dépêché deux à coups de sabre.

Quatre Indiens seuls nous échappèrent dans un canot où ils avançoient à force de rames, pour se mettre hors de la portée du fusil.

Je trouvai dans un autre canot un troisième prisonnier, garotté de la même manière que l'avoit été l'Epagnol, et presque mort de peur. Je coupai d'abord les cordes qui l'attachoient; je voulus le relever ensuite, mais il n'avoit pas la force de se soutenir.

Dès que Vendredi fut entré dans la barque, il releva ce malheureux vieillard et lui annonça sa délivrance. Vendredi le regardoit fixement, et avec des yeux étonnés. Mais à peine il l'eut entendu parler, qu'en jetant

un cri il se précipita dans ses bras. Ce spectacle eût arraché des larmes à l'homme le
plus insensible ! Il baisoit, il embrassoit
cet infortuné Sauvage ; il pleuroit et rioit
tout à-la-fois. Il sautoit, il dansoit autour de
lui ; il se tordoit les mains, il se frappoit le
visage ; puis il se remettoit à chanter, à sauter
et à danser de nouveau : ce vieillard étoit son
père. Mais de long-temps il ne revint assez à
lui pour être en état de me l'apprendre.

Après les avoir un peu restaurés, l'un
et l'autre, nous les transportâmes jusqu'à
mon retranchement extérieur. Mais lorsque
nous y fûmes arrivés, ne voyant pas comment réussir à les faire passer par-dessus,
je leur dressai, en moins de deux heures,
une petite tente couverte de ramées et de
vieilles voiles. Dans cette hutte, je leur arrangeai deux lits avec quelques bottes de
paille, et je leur donnai à chacun deux
couvertures.

Mon île étoit maintenant peuplée : j'y
étois demeuré seul pendant si long-temps,
qu'en m'y voyant moi quatrième, je me
croyois très-riche en sujets. L'idée de me
voir devenir un petit monarque flattoit agréablement mon amour-propre. D'abord, l'île
entière étoit mon domaine par des faits in-
contestables. Ensuite mes sujets m'étoient
parfaitement soumis : j'étois leur législateur

et leur seigneur despotique; ils me dévoient
tous la vie, et tous, à la moindre occasion,
étoient prêts à la risquer pour mon service.

Alors je recommençai à songer sérieuse-
ment à mon voyage vers le continent, où le
père de Vendredi m'assuroit que je serois
bien reçu de sa nation, pour l'amour de lui.

Je pressois fort l'exécution de ce dessein;
mais un entretien que j'eus avec mon Espagnol, me le fit suspendre. Il me raconta qu'il
avoit laissé au continent seize Chrétiens, tant
Espagnols que Portugais, qui, ayant fait
naufrage comme lui, et s'étant sauvés sur ces
côtes, y étoient, à la vérité, en paix avec les
Sauvages, mais y avoient à peine assez de vi-
vres pour ne pas mourir de faim. Je lui demandai aussitôt comment il croyoit qu'ils re-
cevroient la proposition de venir vivre plus
abondamment avec nous dans mon île ?
Il me répondit que ces infortunés sen-
toient avec tant de vivacité le malheur de
leur situation, qu'ils regarderoient toujours
comme un Dieu le mortel généreux qui con-
tribueroit à les en délivrer.

Tous nos préparatifs étant achevés, l'Espagnol se disposa à passer en terre ferme, pour
traiter avec ses compatriotes. Je lui donnai
un ordre par écrit de ne me les amener
qu'après leur avoir fait jurer à tous, que bien
loin de m'attaquer en aucune manière, où

de me causer le moindre chagrin , ils me défendroient au contraire contre toutes sortes d'attentats , et se soumettroient aveuglément à tous mes commandemens , de quelque côté que je voulusse les mener. Avec ces instructions , il partit dans le même canot qui l'avoit conduit dans mon île pour y être dévoré des cannibales. Je fournis mon voyageur d'une provision de pains et de grappes sèches pour lui , et d'un autre plus considérable pour ses compagnons. Là-dessus il mit en mer , et je lui souhaitai un heureux voyage.

CHAPITRE X.

Robinson voit un vaisseau à l'ancre. — Il sauve un Capitaine Anglais, — Il raconte ses aventures. — Arrivée d'une seconde chaloupe. — Le Capitaine recouvre son vaisseau. — Robinson est de retour dans sa patrie.

Il y avoit déjà huit jours que j'attendois le retour de mon député , lorsqu'un matin , Vendredi accourt à mon lit , en criant de toute sa force : *Maître , maître , ils sont venus , ils sont venus.* A l'instant e me lève , je m'habille et je traverse mon bois ; qu'elle fut ma surprise , en voyant s'approcher de moi une chaloupe qui ne ressembloit nullement à mon canot ? Je courus me saisir de ma lunette , et montant au haut de mon rocher, je vis très-distinctement , derrière la barque qui s'avançoit, un vaisseau à l'ancre.

La chaloupe approche du rivage , l'équipage descend sur le sable , environ à un demi-quart de lieue de moi. Lorsqu'ils furent à terre , je vis très-clairement qu'ils étoient Anglais , onze en tout, trois sans armes et garottés. Dès que cinq ou six de ces malheureux furent sortis de leur barque , ils en firent sortir les trois autres comme des prisonniers. J'en vis un marquer par ses gestes une affliction , un désespoir qui alloit jusqu'à l'extravagance.

Dans le temps que je cherchois avec plus d'attention ce que signifioit un pareil spectacle , Vendredi, qui le considéroit comme moi, s'écria: *Maître ! maître ! vous voyez hommes blancs manger prisonniers aussi bien qu'hommes sauvages ! Voyez eux les vouloir manger !* Non , non, Vendredi, lui dis-je ; je crains seulement qu'ils ne les massacrent. Je tremblois à l'horreur de cette vue. A chaque moment , je m'attendois à les voir assassiner. Je vis même un de ces scélérats lever son sabre pour en frapper un de ces malheureux.

Tandis que ces insolens matelots rôdoient dans toute mon île , comme pour aller à la découverte du pays, j'observai que de leur côté leurs prisonniers se couchèrent a terre d'un air pensif et désespéré.

Quand mes coquins arrivèrent, la marée étoit au plus haut ; et partie en maltraitant leurs prisonniers, partie en se promenant de côté et d'autre, ils furent surpris par le reflux. La mer s'étoit retirée, et avoit laissé leur chaloupe à sec. Le seul parti qui leur restoit à prendre, étoit d'attendre la marée prochaine. Or, elle ne devoit monter qu'à dix heures du soir ; et j'espérai qu'à la faveur de la nuit je trouverois quelque occasion favorable.

Cependant je me préparois au combat avec plus de précaution que jamais, j'ordonnai à mes deux esclaves d'en faire autant ; et je me promettois sur-tout de grands secours de Vendredi, qui tiroit d'une justesse étonnante. Je lui donnai trois mousquets, et je pris moi-même deux fusils. Je me mis donc en marche ; Vendredi et son père me suivoient.

Après m'être approché aussi près qu'il me fut possible, sans me laisser appercevoir, j'élevai la voix, et je leur demandai qui ils étoient ! Ils alloient fuir ; et dans le fond ils auroient pu être effrayés à moins ; mais je leur dis, pour les rassurer : Ne craignez rien, messieurs, et ne cherchez point à vous dérober ; peut-être avez-vous trouvé ici un ami, sans vous y attendre.

Le pauvre homme, tremblant et les yeux baignés de larmes, me dit d'un air étonné : Daignez me répondre : parlé-je à un homme, à un ange ou à un Dieu ? — Remettez-vous, lui dis-je, monsieur : si Dieu avoit envoyé un ange à votre secours, cet ange vous apparoîtroit sous de meilleurs habits et avec d'autres armes. Je suis réellement un homme, et un homme disposé à tout tenter pour vous rendre service. Je n'ai que deux esclaves avec moi ; mais nous avons des armes et des munitions. Dites, que pouvons-nous faire pour vous ; expliquez-moi la nature de vos malheurs ? — Hélas ! monsieur, le récit en est trop long pour que je l'entreprenne, tandis que nos ennemis sont si proches. Qu'il me suffise de vous dire que j'étois le commandant du vaisseau que vous voyez. Mes gens se sont révoltés contre moi, et ils veulent m'abandonner aux monstres de ce désert, avec ces deux hommes, dont l'un est mon contre-maître, et l'autre un passager. — Et où sont vos coquins de rebelles, lui demandai-je ? — Les voilà couchés sur ce gazon, me répondit-il, en me montrant au loin une touffe d'arbres fort épaisse. Je tremble qu'ils ne nous aient entendus. — Ont-ils des armes à feu ? — Ils ont deux fusils, dont un est resté dans la chaloupe.

Eh bien, commençons par nous tirer d'ici,

d'ici, de peur qu'ils ne s'éveillent et ne nous surprennent, et suivez-moi. Je leur donnai à chacun un mousquet, des balles et de la poudre ; ensuite le capitaine s'avance vers les mutins, un mousquet sur le bras, et un pisto-let à la ceinture. Son contre-maître et le pas-sager, qui le devançoient, firent un peu de bruit ; un matelot s'éveille et appelle avec ef-froi ses camarades ; mais dans l'instant même ils font feu tous deux. Le capitaine avoit gardé son coup ; il vise au chef des mutins, et en tue un sur la place. L'autre, quoique grièvement blessé, veut courir et prendre la fuite ; mais il le poursuit et l'atteint. Demande pardon à Dieu, traître, lui cria-t-il. Et il l'assomme aussitôt d'un coup de crosse.

Il en restoit encore trois, dont un n'étoit que légèrement blessé. J'arrivai avec mes armes, et avec ma figure encore plus ter-rible qu'elles. Comprenant alors qu'il leur seroit impossible de résister, ils demandè-rent quartier. Le capitaine leur fit espérer leur grace, à condition qu'ils l'aideroient à recouvrer son vaisseau. Ils le lui promirent avec serment, et il leur accorda la vie ; je les fis garder pieds et mains liés.

Nos ennemis étoient tous hors de combat ; j'eus le temps alors de raconter mes aven-tures au capitaine.

Tout ce que je disois au capitaine, tout ce

F

que je lui faisois remarquer, lui paroissoit
également incroyable. Il étoit étonné de voir
ma fortification, et la manière dont j'avois ca-
ché ma retraite. — Ce que vous voyez, lui
dis-je, est mon château, et le lieu de ma ré-
sidence. Mais, à l'exemple d'autres princes,
j'ai encore une maison de campagne que je
vous ferai admirer une autre fois. Nous avons
maintenant des affaires plus pressées, et il
s'agit de songer aux moyens de nous rendre
maîtres de votre vaisseau.

Nous n'avions pour toute ressource que
celle de tendre quelque piège à l'équipage;
j'étois sûr que les gens du vaisseau, alarmés
du retard de leurs camarades, ne tarderoient
pas à mettre leur seconde chaloupe en mer;
il falloit donc attendre leur arrivée, et sur-tout
voir le nombre des députés, avant de prendre un parti. Je conseillai cependant au capitaine de couler à fond leur première chaloupe, afin qu'ils ne pussent pas l'emmener.
Il approuva mon idée, et nous mîmes aussitôt la main à l'œuvre. Au milieu de cette oc-
cupation, nous entendîmes un coup de canon; et nous vîmes au haut du vaisseau le
signal ordinaire qui appelle la chaloupe à
bord. Mais ils avoient beau tirer et faire des
signaux, la chaloupe n'avoit garde d'o-
béir. Un moment après, nous vîmes, par le
moyen de nos lunettes, qu'ils mettoient

leur autre barque en mer, et venoient à nous à force de rames. Ils étoient dix, et ils avoient des armes à feu.

Aussitôt qu'ils furent parvenus à l'endroit où étoit leur première chaloupe, ils poussèrent celle où ils étoient sur le sable; et sautant tous à terre, ils la tirèrent après eux sur le rivage.

Dès que nos dix rebelles eurent mis leur barque à sec, ils coururent tous vers leur première chaloupe. Leur surprise fut sans égale, en la voyant percée par le fond : nous y avions creusé une large ouverture, et nous l'avions dépouillée de tous ses agrès. Quand ils furent au haut de la colline, ils se prirent à crier de toutes leurs forces; et, après avoir délibéré quelque temps, tout-à-coup ils marchèrent vers la mer. Cette brusque résolution rompoit toutes nos mesures.

Heureusement je m'avisai, pour les arrêter, d'un stratagême qui nous réussit. Partez, dis-je à Vendredi et au contre-maître, passez la baie, et courez vous mettre à l'abri de la colline; dès que vous y serez, poussez un cri, et attendez qu'ils vous aient répondu. Avancez ensuite, et continuant toujours de crier, sans vous laisser appercevoir, attirez-les dans le bois, le plus avant qu'il vous sera possible; alors, les laissant s'y égarer, revenez à nous par le chemin le

plus court. Vendredi et le contre-maître s'é-
lancèrent comme un trait. Nos fuyards alloient mettre le pied dans leur chaloupe,
quand ils entendirent le premier cri ; ils se re-
tournent aussitôt, et courent du côté d'où
partoit la voix ; mais la baie les arrêta. Les
eaux étoient hautes, et craignant de trop
s'exposer en passant un aussi long trajet à
la nage, ils sont forcés d'amener jusques-là
leur barque ; c'étoit où je les attendois.

Cependant, Vendredi et le contre-maître, en continuant de répondre aux cris de
leurs prétendus camarades, et en s'éloignant toujours d'eux, à mesure qu'ils les
entendoient s'avancer, les avoient engagés
assez avant dans le bois pour qu'ils ne pussent regagner la baie avant la fin du jour.

Le soir, quand ils furent de retour,
j'approchai mon embuscade en silence, or-
donnant à Vendredi et au capitaine, qui
composoient mon avant-garde, de se traîner
à quatre pieds, pour se placer aussi près
d'eux qu'il seroit possible, sans se découvrir.
Ils venoient de se poster, quand le chef de
la mutinerie se lève et vient, sans le savoir,
au-devant du coup mortel qui lui est pré-
paré. Le capitaine saisit le moment, le vise
à la tête et le tue. Vendredi blesse le second, et le troisième prend la fuite.

Au bruit de cette décharge, j'avance

brusquement avec mon armée de neuf hommes. La nuit et la terreur augmentant notre nombre à leurs yeux, je donnai ordre à celui que nous avions trouvé dans l'esquif, de les appeler par leur nom, les uns après les autres, pour savoir d'eux s'ils vouloient se rendre. — Plusieurs de nos camarades sont tués, leur dit-il, je suis moi-même prisonnier, et notre capitaine vous cherche avec cinquante hommes. — Y aura-t-il quartier, s'écrièrent-ils tous de concert? — Vous connoissez ma voix, leur répondit alors le capitaine : mettez bas les armes, et vous aurez tous la vie sauve. Dès qu'ils eurent accepté ces conditions, Vendredi et deux autres les lièrent tous. Pour moi, je me tins à l'écart avec un seul de mes gens, pour des raisons d'état.

Le capitaine, profitant de leur effroi, leur reprocha amèrement leur trahison. Je ne peux rien pour vous, leur dit-il, vous êtes au Gouverneur de l'île. Au reste, vous paroîtrez tous devant lui.

Comme le point essentiel étoit de recouvrer le vaisseau par leur moyen, j'eus très-grand soin de m'éloigner d'eux, afin de ne point leur montrer quel personnage ils avoient pour juge; ensuite le Capitaine s'adressa à eux le lendemain; et, après leur avoir fait sentir toute l'horreur de leur perfidie, la triste situation où elle les avoit ré-

F 5

duits, il leur répéta que, quoique le Gouverneur de l'île leur eût donné quartier,
ils ne laisseroient pas que d'être pendus,
si, comme il y avoit toute apparence, il
prenoit le parti de les renvoyer en Angleterre. Cependant, ajouta-t-il, si vous
concourez avec moi dans une entreprise
aussi légitime que celle de recouvrer mon
vaisseau, j'ai sa parole, et il s'engagera
formellement à obtenir votre pardon. Cette
proposition fut reçue avec transport. Ils tom-
bèrent à ses genoux, les embrassèrent, et lui
jurèrent, avec les plus horribles impréca-
tions, qu'ils lui seroient fidèles jusqu'à la
mort. Eh bien! leur répliqua-t-il, je vais com-
muniquer vos promesses au Gouverneur,
et je ferai tous mes efforts pour vous le
rendre favorable.

Là-dessus il me rapporta leur réponse,
ajoutant qu'à l'air et au ton pénétré dont
ils s'étoient expliqués, il ne doutoit point de
leur sincérité.

Il ne restoit plus au Capitaine, pour être
en état d'exécuter son dessein, qu'à gréer
et équiper ses deux chaloupes. Dans la
première, il mit quatre hommes, à la tête
desquels étoit son passager; et il monta lui-
même la seconde, avec son contre-maître
et cinq autres.

Il étoit environ minuit lorsque les deux

chaloupes furent sous le navire. Le Capitaine, son contre-maître et le passager, y
montèrent sans être reconnus, à la faveur des
ténèbres; et, secondés courageusement par
les matelots qui les avoient suivis, et qui,
pour donner le change à leurs camarades,
parloient aux uns, et mettoient en même-
temps les autres hors de combat, ils en furent en un instant les maîtres. Je fus d'abord
instruit de ce succès par sept coups de canon,
le signal dont nous étions convenus. J'étois
demeuré sur le rivage depuis le départ des
deux barques, jusqu'à deux heures après
minuit. Sûr enfin de cette heureuse nouvelle,
j'allai me jeter sur mon lit, où la fatigue que
j'avois essuyée tout le jour, me plongea dans
un sommeil si profond, qu'il ne fallut rien
moins qu'une salve générale pour m'en arracher. Je me lève aussitôt; et, m'entendant
appeler par mon nom de Gouverneur, je
monte à la hâte au haut de mon rocher; le
capitaine m'y attendoit. Mon cher ami, s'é-
cria-t-il, en me serrant dans ses bras de la manière la plus tendre, mon cher libérateur,
voila votre vaisseau; il n'est point à moi,
c'est à vous qu'il appartient, et que nous ap-
partenons nous-mêmes. Je tournai alors les
yeux vers la mer, et il me montra en effet son
navire à l'ancre, à un quart de lieue du rivage. A cette vue, je fus si saisi de ma joie, que

je serois tombé évanoui et sans forces, si ses
embrassemens ne m'avoient pas soutenu.

Nous délibérâmes ensuite sur ce que
nous devions faire de nos prisonniers, et sur-
tout des deux chefs de la mutinerie. Nous
résolûmes de les laisser dans l'île. J'ordonnai à Vendredi, et à deux des ôtages qui
étoient en liberté, d'aller les prendre dans
ma grotte, pour les conduire de là à ma
maison de campagne, où je me rendis quelque temps après moi-même, paré de mes
gants, de mon castor, de mon habit neuf,
et traité publiquement de gouverneur.

Je me fis d'abord amener les prisonniers,
et prenant le ton d'un homme en place,
qui a une garnison nombreuse à ses ordres,
je leur dis : Je suis parfaitement instruit de
votre conspiration contre votre capitaine ;
je connois votre trahison. Quelles raisons
assez fortes aurez-vous à m'alléguer, pour
vous soustraire au châtiment que vous mé-
ritez.

Un d'entre eux me répondit pour les
autres, qu'ils n'avoient rien à dire en leur
faveur, mais que le capitaine leur avoit promis la vie, quand ils s'étoient rendus à lui,
et qu'ils demandoient grâce. Après votre
crime, vous n'avez pas droit d'attendre un
traitement doux de sa part. Ainsi, je ne vois
pour vous que la ressource unique de vous

établir dans cette île, si vous voulez vous contenter du sort que vous pouvez vous y ménager.

Loin que cette proposition leur déplût, ils parurent au contraire la recevoir avec reconnoissance; mais leur Capitaine feignant de ne pas se rendre, je leurs fis ôter leurs liens, et ils se sauvèrent dans les bois.

Quittant alors la marque de Gouverneur, et embrassant le Capitaine, dès qu'ils nous eurent perdu de vue : Je reste encore cette nuit pour achever mes préparatifs, lui dis je, regagnez votre vaisseau, et envoyez-moi demain votre chaloupe.

Aussitôt qu'il fut parti, Vendredi courut après les prisonniers, et leur donna tout le détail de l'île. Moi-même je leur donnai des armes et de la poudre; et leur parlant des seize Espagnols qu'ils avoient à attendre, je leur fis jurer qu'ils vivroient en bonne intelligence avec eux.

Le Capitaine m'envoya sa chaloupe le lendemain dès la pointe du jour, et je me rendis au vaisseau, d'où je fis tenir encore aux nouveaux habitans de mon île leurs coffres et leurs habits qu'ils m'avoient demandés; leur faisant promettre que si, dans la suite, je trouvois quelque navire qui fît route de leur côté, je ne les oublierois pas.

Il y avoit vingt-neuf ans deux mois et

dix-neuf jours que je vivois dans mon île, lorsque j'en partis. Pour en garder éternellement le souvenir, j'emportai mon grand bonnet de peau de chèvre, mon parasol et mon perroquet. J'emportai aussi mon argent : je retournois dans un pays où il alloit m'être utile ; mais il étoit si rouillé, que, quand nous fûmes débarqués, Vendredi étoit obligé de frotter, dès la veille la somme dont nous avions besoin pour le lendemain. Mon voyage fut aussi heureux qu'il pouvoit l'être, et j'arrivai sans encombre, en Angleterre, le 11 de Juin 1687.

De retour dans ma patrie, je m'y trouvai aussi étranger que si jamais il n'y eût été question de moi.

De là, je me rendis dans ma province. Mon père et ma mère étoient morts, et il ne me restoit de famille dans tout York, que deux sœurs et deux enfans d'un de mes frères, qui, ne m'ayant pas fait l'honneur de me compter au nombre des vivans, m'avoient oublié net dans le partage des biens. Par cet arrangement, je ne possédois au monde que ce que je n'avois point encore dépensé de mon argent, et deux cents livres sterlings dont m'avoient gratifié, à mon arrivée, les propriétaires du vaisseau sur lequel j'étois revenu.

J'avois encore une ressource, c'étoit d'al-

ler à Lisbonne m'informer de ma plantation
du Brésil. J'y fus ; Vendredi me suivoit , et
son père étoit resté chez mes sœurs. Le premier homme que je rencontrai , en mettant
pied à terre , fut le vieux Capitaine qui m'a-
voit recueilli dans son vaisseau au milieu de
la mer , quand je me sauvois des côtes de
Barbarie. Il y avoit neuf ans qu'il ne voya-
geoit plus ; il m'apprit que dès ce temps-là
mes facteurs étoient morts ; cependant , que
je pourrois avoir une information exacte de
mes affaires, parce qu'il les avoit fait remettre
sur le champ entre les mains du Procureur-
fiscal du lieu. Mais vous n'entendez rien à
toute cette marche , me dit-il , demeurez
avec moi quelque temps , et vous ne tarde-
rez pas à recevoir une réponse positive.

En effet , il prit si bien toutes ses mesures ,
qu'au bout de sept mois , il me remit et
l'état de ma plantation , qui étoit de mille livres sterlings de revenu par an, et une somme
de cinq cent mille livres sterlings en argent ,
qui , toute déduction faite , en avoit été le
produit pendant mon absence. Un bonheur
ne vient jamais seul. A peine avois-je élu et
fixé mon domicile , que mes associés m'en-
voyèrent proposer de leur vendre ma plantation. J'y consentis de tout mon cœur ;
elle fut estimée 330 mille pièces de huit ,
qu'ils me firent tenir par leur correspondant

à Lisbonne, et que je touchai sans aucun délai. Tous ces fonds placés avantageusement, me composèrent un revenu très-ample, dont je jouis encore aujourd'hui avec une femme dont je m'applaudis tous les jours d'avoir fait la fortune, et avec mon fidèle Vendredi.

P. S. Mon neveu, à qui j'ai donné un vaisseau, a vu mon île en passant. Le Gouverneur que j'y ai nommé y jouit de tous mes droits en ma place; il m'a mandé qu'il avoit été obligé de réduire par la force les scélérats que j'y avois laissés. Les Sauvages sont venus l'attaquer, il les a vaincus; il fit une descente chez eux, et emmena leurs femmes prisonnières; en sorte que, s'il me prenoit fantaisie de retourner dans mes états, comme je m'en suis réservé la propriété, je me trouverois Roi d'un peuple nombreux. Mais il y a long-temps que je suis guéri de toutes mes folies, et j'aime mieux être Bourgeois à Londres, que Souverain ailleurs.

F I N.

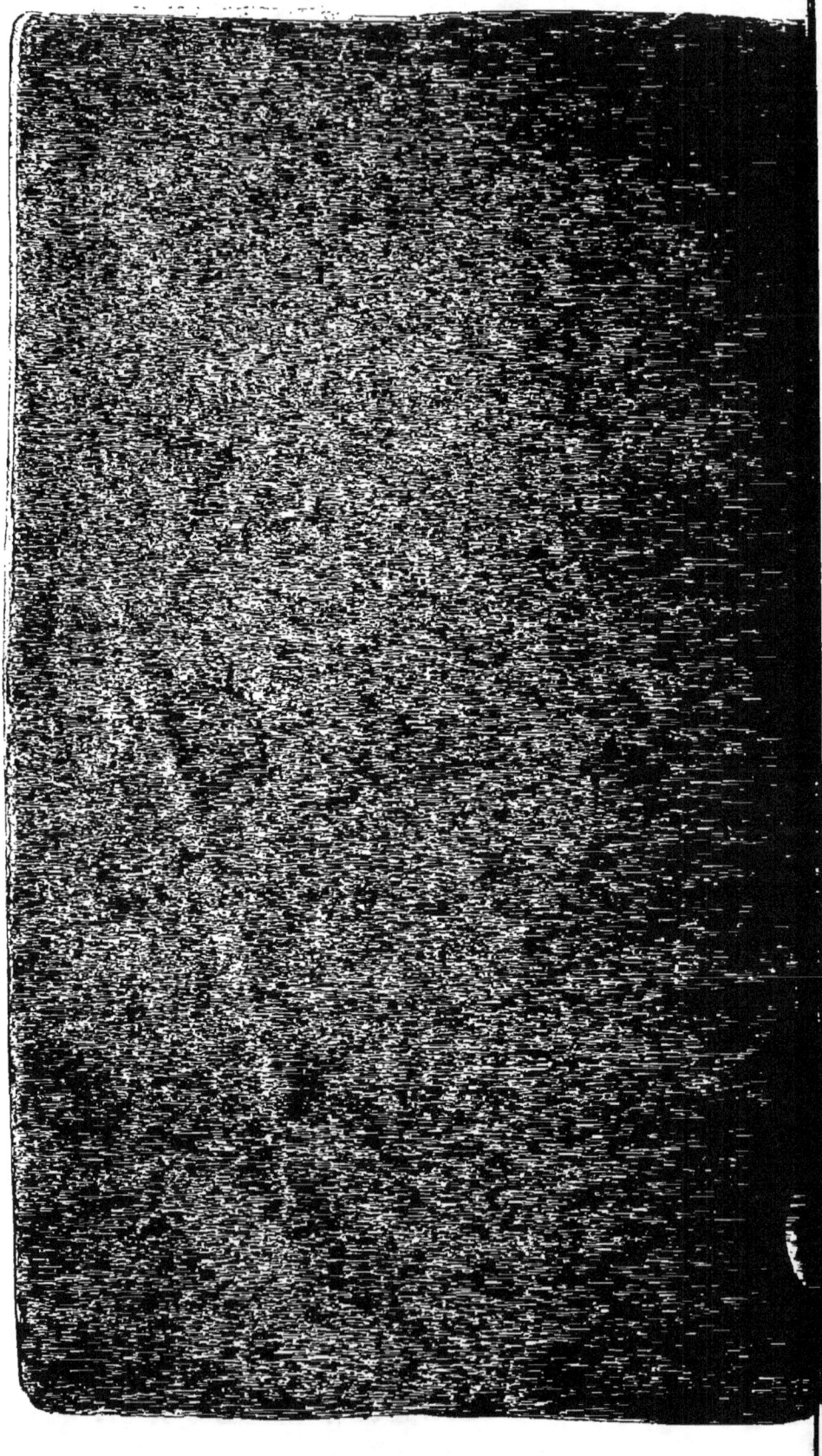